Senhor e servo
e outras histórias

SÉRIE L&PM POCKET PLUS

24 horas na vida de uma mulher – Stefan Zweig
Alves & Cia. – Eça de Queiroz
À paz perpétua – Immanuel Kant
As melhores histórias de Sherlock Holmes – Arthur Conan Doyle
Bartleby, o escriturário – Herman Melville
Cartas a um jovem poeta – Rainer Maria Rilke
Cartas portuguesas – Mariana Alcoforado
Cartas do Yage – William Burroughs e Allen Ginsberg
Continhos galantes – Dalton Trevisan
Dr. Negro e outras histórias de terror – Arthur Conan Doyle
Esboço para uma teoria das emoções – Jean-Paul Sartre
Juventude – Joseph Conrad
Libelo contra a arte moderna – Salvador Dalí
Liberdade, liberdade – Millôr Fernandes e Flávio Rangel
Mulher no escuro – Dashiell Hammett
No que acredito – Bertrand Russell
Noites brancas – Fiódor Dostoiévski
O casamento do céu e do inferno – William Blake
O coronel Chabert seguido de A mulher abandonada – Balzac
O diamante do tamanho do Ritz – F. Scott Fitzgerald
O gato por dentro – William S. Burroughs
O juiz e seu carrasco – Friedrich Dürrenmatt
O teatro do bem e do mal – Eduardo Galeano
O terceiro homem – Graham Greene
Poemas escolhidos – Emily Dickinson
Primeiro amor – Ivan Turguêniev
Profissões para mulheres e outros artigos feministas – Virginia Woolf
Senhor e servo e outras histórias – Tolstói
Sobre a brevidade da vida – Sêneca
Sobre a inspiração poética & Sobre a mentira – Platão
Sonetos para amar o amor – Luís Vaz de Camões
Trabalhos de amor perdidos – William Shakespeare
Tristessa – Jack Kerouac
Uma temporada no inferno – Arthur Rimbaud
Vathek – William Beckford

Leon Tolstói

Senhor e servo
e outras histórias

Traduzido do russo por
Tatiana Belinky

www.lpm.com.br

L&PM POCKET

Coleção **L&PM** POCKET, vol. 808

Texto de acordo com a nova ortografia.
Título original: *Khozyain i rabotnik; Kavkazskiy plennik; Bog pravdu vidit, da ne skoro skazhet.*

Primeira edição na Coleção **L&PM** POCKET: outubro de 2009
Esta reimpressão: setembro de 2012

Tradução: Tatiana Belinky
Capa: projeto gráfico de Néktar Design
Ilustração da capa: Óleo sobre tela de Jean-François Millet (1814-1875), *Des glaneuses*, Museu d'Orsay, Paris.
Preparação de original: Patrícia Rocha
Revisão: Patrícia Yurgel e Lolita Beretta

CIP-Brasil. Catalogação na Fonte
Sindicato Nacional dos Editores de Livros, RJ

T598s

Tolstói, Leão, gráf, 1828-1910
 Senhor e servo: e outras histórias / Leon Tolstói; tradução de Tatiana Belinky. – Porto Alegre, RS: L&PM, 2012.
 128p. – (Coleção L&PM POCKET; v. 808)

 Tradução de: *Khozyain i rabotnik; Kavkazskiy plennik; Bog pravdu vidit, da ne skoro skazhet.*
 ISBN 978-85-254-1914-9

 1. Novela russa. I. Belinky, Tatiana, 1919-. II. Título. III. Série.

09-3193.   CDD: 891.73
                            CDU: 821.161.1-3

© da tradução, L&PM Editores, 2009

Todos os direitos desta edição reservados a L&PM Editores
Rua Comendador Coruja, 314, loja 9 – Floresta – 90220-180
Porto Alegre – RS – Brasil / Fone: 51.3225.5777 – Fax: 51.3221.5380

Pedidos & Depto. comercial: vendas@lpm.com.br
Fale conosco: info@lpm.com.br
www.lpm.com.br

Impresso na Gráfica e Editora Pallotti em Santa Maria, RS, Brasil
Primavera de 2012

LEON TOLSTÓI
(1828-1910)

LEON NIKOLÁIEVITCH TOLSTÓI nasceu em Iásnaia Poliana, Rússia, em 1828, e morreu em Astápovo, Rússia, em 1910. Filho de latifundiários da alta aristocracia russa, Tolstói estudou Direito e Línguas Orientais na Universidade de Kazan. Mais tarde, entrou para o exército e tomou parte na Guerra da Criméia. Sua obra literária inclui livros de memórias, romances, novelas, contos, narrativas, teatro e histórias para crianças, bem como de ensaios sobre religião, arte, política, filosofia, moral e história. A experiência nas guerras resultou-lhe no conhecimento das aldeias cossacas, das expedições contra as tribos montanhesas e dos costumes do interior da Rússia. Após a guerra, viajou à Suíça, à França e à Alemanha e, ao retornar, fundou uma escola-modelo para camponeses.

Entre as muitas obras de sua autoria, podem ser citadas a trilogia autobiográfica *Infância, adolescência e juventude*; as novelas "caucasianas" *Os cossacos* e *Hadji Murat*; o romance "moralista" *A sonata de Kreutzer*; o "depoimento" *Minha confissão*; o romance-libelo *Ressurreição*; a novela "camponesa" *Polikuchka*; os *Relatos de Sebastopol*, sobre a guerra da Crimeia; e as três obras-primas da literatura russa e universal: o imenso painel-afresco histórico-social do seu maior romance, *Guerra e paz*; o grande romance social e psicológico *Anna Kariênina*; e, por fim, a novela que é considerada por muitos críticos a maior da literatura mundial: *A morte de Ivan Ilitch*.

Senhor e servo
e outras histórias

Sumário

Senhor e servo 11

O prisioneiro do Cáucaso 79

Deus vê a verdade, mas custa a revelar 115

Sobre a tradutora 127

Senhor e servo

1

Foi na década de 1870, no dia seguinte à S. Nicolau de inverno. Havia festa na paróquia da aldeia, e o negociante da segunda guilda, Vassili Andrêitch Brekhunóv, não podia se ausentar: tinha de estar na igreja – da qual era curador – e, em casa, devia receber e recepcionar parentes e conhecidos. Mas eis que os últimos visitantes partiram, e Vassili Andrêitch começou imediatamente a se preparar para viajar à propriedade vizinha, em visita ao dono, a fim de ultimar a compra de um bosque, há muito já conversada. Vassili Andrêitch apressava-se para que os comerciantes da cidade não lhe arrebatassem esse vantajoso negócio. O jovem proprietário pedia dez mil rublos pelo bosque, só que Vassili Andrêitch lhe oferecia sete mil. E sete mil representavam apenas um terço do valor real do bosque. Vassili Andrêitch talvez até conseguisse arrancar-lhe ainda mais um abatimento, já que o bosque se encontrava na sua circunscrição, e entre ele e os comerciantes rurais da redondeza existia um trato antigo, segundo o qual um comerciante não aumentava o preço no distrito do outro. Mas, como Vassili Andrêitch soubera que os comerciantes de madeira da cidade se dispunham a vir negociar o bosque de Goriátchkino, resolveu partir imediatamente, a fim de fechar o acordo com o proprietário. Por isso, assim que a festa terminou, ele tirou do cofre setecentos rublos do seu próprio dinheiro, acrescentou os 2.300 do caixa da igreja que estavam com ele, formando assim três mil rublos, e, após contá-los meticulosamente e guardá-los na carteira, preparou-se para partir.

O serviçal Nikita, naquele dia o único trabalhador não embriagado de Vassili Andrêitch, correu para atrelar. Nikita, que era um beberrão, não estava intoxicado naquele dia porque, desde a vigília, quando perdeu na bebida seu casaco e suas botas de couro, fez promessa de não beber e já não o fazia há dois meses. Não bebera também agora, apesar da tentação do vinho consumido por toda parte nos primeiros dois dias do feriado.

Nikita era um *mujique*[1] de cinquenta anos de idade, da aldeia vizinha, um "não-dono", como diziam dele, que passara a maior parte da vida fora da sua própria casa, a serviço de terceiros. Era estimado por todos devido à sua operosidade, destreza e força no trabalho, mas principalmente pela índole bondosa e afável. Só que ele não parava em emprego algum, porque umas duas vezes por ano, às vezes até mais, caía na bebedeira, perdendo tudo o que tinha, até a roupa do corpo, e porque, ainda por cima, ficava turbulento e brigão. Vassili Andrêitch também já o enxotara várias vezes, mas voltava a recebê-lo, em apreço por sua honestidade, seu amor aos animais e, principalmente, por ele ser tão barato. Vassili Andrêitch pagava a Nikita não os oitenta rublos, que era o que valia um trabalhador

---

1. *Mujique*: camponês russo. (N.T.)

como ele, mas apenas quarenta, que, sem fazer as contas, lhe entregava aos poucos e, mesmo assim, não em dinheiro, mas em mercadorias, aos preços altos do seu próprio armazém.

A mulher de Nikita, Marfa, que já fora uma campônia bonitona e esperta, labutava na aldeia, com o filho adolescente e duas rapariguinhas. Ela não chamava Nikita para voltar a morar em casa, em primeiro lugar porque vivia, já há uns vinte anos, com um toneleiro e, em segundo, porque, embora manejasse o marido como bem entendia quando ele se achava sóbrio, tinha-lhe medo quando embriagado. Certa vez, tendo se embebedado em casa, decerto para se vingar da mulher pela sua humildade quando sóbrio, Nikita arrombou a arca de Marfa, retirou as suas melhores roupas e, com um machado, reduziu a tiras, sobre um cepo, todos os vestidos e trajes festivos da mulher.

O ordenado ganho por Nikita ficava todo com ela, e Nikita não se opunha a isso. Também agora, dois dias antes da festa, Marfa procurou Vassili Andrêitch e levou do seu armazém farinha branca, chá, açúcar e meio garrafão de vinho, no valor de uns três rublos. E ainda pegou cinco rublos em dinheiro, agradecendo como se isso fosse uma concessão especial, quando de fato Vassili Andrêitch é quem lhe devia uns bons vinte rublos.

– Nós não fizemos trato nenhum, fizemos? – perguntava Vassili Andrêitch a Nikita. – Se precisas de alguma coisa, leva, acertaremos depois. Eu não sou como os outros: longas esperas, e contas, e multas. Conosco é na base da honra. Tu me serves e eu não te abandono.

E, dizendo isso, Vassili Andrêitch acreditava sinceramente que beneficiava Nikita: sabia falar de um modo tão convincente que as pessoas que dependiam do seu dinheiro, a começar por Nikita, concordavam e apoiavam-no na sua convicção de que ele não as enganava, mas lhes prestava benefícios.

– Mas eu compreendo, Vassili Andrêitch. Acho que eu me esforço, que te sirvo como ao próprio pai. Compreendo muito bem – respondia Nikita, percebendo perfeitamente que Vassili Andrêitch o enganava, mas sentindo ao mesmo tempo que não adiantava sequer tentar esclarecer as contas com o patrão, já que precisava viver e, enquanto não havia outro emprego, tinha de aceitar o que lhe davam.

Agora, ao receber do patrão a ordem de atrelar, Nikita, como sempre alegre e de boa vontade, saiu com o passo leve e animado dos seus pés pisando como patas de ganso e dirigiu-se ao galpão, onde tirou do prego um pesado bridão de couro com pingentes e, tilintando com as barbelas do freio, encaminhou-se para a estrebaria, onde estava o cavalo que Vassili Andrêitch mandara atrelar.

– Como é, estás entediado, estás, bobinho? – dizia Nikita, respondendo ao fraco relincho de saudação com que o recebeu o guapo potro Baio, forte, de porte médio e ancas um tanto caídas, que se encontrava sozinho na cocheira. – Ei, ei, terás tempo, deixa-me dar-te de beber primeiro – falava ele com o animal, como se fala com um ser humano que entende as palavras. E, tendo espanado com a aba do casaco o dorso médio, de pelagem um tanto puída e empoeirada do animal, colocou a brida na bela cabeça jovem do potro, livrou-lhe a franja e as orelhas da crina, e conduziu-o ao bebedouro.

Saindo cautelosamente da estrebaria cheia de esterco, o Baio pôs-se a caracolar e a escoicear, fingindo querer atingir com a pata traseira a Nikita, que trotava ao seu lado em direção ao poço.

– Brinca, reina, maroto! – repetia Nikita, que já conhecia o cuidado com que o Baio jogava a pata traseira só para tocar de leve o seu casaco ensebado, sem atingi-lo, e achava muita graça nessa travessura.

Tendo-se fartado de água fresca, o cavalo suspirou, movendo os beiços molhados, fortes, dos quais pingavam no cocho grandes gotas transparentes, e aquietou-se, como que pensativo; depois, de repente, soltou um forte bufido.

– Pois se não queres, pior para ti, depois não me peças mais – disse Nikita, explicando com toda a seriedade seu comportamento ao Baio. E correu de novo para o galpão, puxando pela brida o alegre potro, que, saltitante e turbulento, escoiceava por todo o pátio.

Dos outros empregados, não estava ninguém; havia um, de fora, o marido da cozinheira, que chegara para a festa.

– Vai e pergunta, meu querido – disse-lhe Nikita –, qual dos trenós o patrão quer que atrele: o grandão ou o pequenino?

O marido da cozinheira entrou na casa de telhado de ferro e fundações altas, e logo voltou com a informação de que a ordem era atrelar o trenó pequeno. Neste ínterim, Nikita já colocara a colhera e a sela guarnecida de tachinhas. Em seguida, carregando numa das mãos a leve *dugá*[2] pintada e guiando

---

2. *Dugá*: arco de madeira que segura as lanças de um trenó ou carro. (N.T.)

o cavalo com a outra, aproximou-se dos dois trenós estacionados ao lado do galpão.

– Se tem de ser o pequenino, será o pequenino – disse ele, e colocou entre as lanças o esperto cavalo, que fingia o tempo todo querer mordê-lo, e, com a ajuda do marido da cozinheira, começou a atrelá-lo.

Quando tudo estava pronto e só faltavam as rédeas, Nikita mandou o marido da cozinheira ao galpão, buscar palha e uma manta.

– Assim está bom. Vamos, vamos, quieto, sossega! – dizia Nikita, amassando no trenó a palha de aveia fresca. – E agora, vamos forrar tudo com estopa e cobrir com a manta, deste jeito, assim vai ficar bom para sentar – dizia ele, fazendo o que falava, enquanto ia ajeitando a manta em cima da palha, por todos os lados, em volta do assento.

– Muito grato, meu querido – disse Nikita ao marido da cozinheira. – Em dois tudo vai mais ligeiro – e, separando as rédeas de couro, de argolas nas pontas unidas, Nikita subiu para a boleia e dirigiu o impaciente animal, pelo esterco congelado, do pátio até o portão.

– Tio Nikita, tiozinho, ó tiozinho! – gritou-lhe no encalço, com voz fininha, um menino de sete anos, de pelicinha preta, botas novas de feltro branco e gorro quente, correndo do vestíbulo para o pátio. – Me põe lá também! – pedia ele, abotoando o casaquinho enquanto corria.

Passava das duas horas. Fazia frio, uns dez graus negativos. O dia era nublado e ventava. Metade do céu estava encoberta por uma nuvem baixa e escura. Mas o pátio estava calmo, enquanto na rua o vento se fazia sentir mais forte; varria a neve do telhado do galpão vizinho e, na esquina, junto à casa de banhos, formava redemoinho.

Nem bem Nikita havia atravessado o portão e dirigido o cavalo para a estrada da casa, Vassili Andrêitch, de cigarro na boca, peliça de carneiro, com a pelagem para dentro e cingida por um cinturão baixo e apertado, saiu do vestíbulo e, fazendo ranger a neve amassada sobre o degrau alto da entrada debaixo das suas botas de feltro forradas de couro, parou. Inalou o resto do cigarro, que atirou ao chão, pisou e, soltando fumaça por entre os bigodes e olhando de soslaio para o cavalo que saía, pôs-se a ajeitar as pontas da gola da peliça em volta do rosto corado e todo escanhoado, com exceção do bigode, para que a pelagem não umedecesse com a sua respiração.

– Vejam só que espertinho, chegou na frente! – disse ele, vendo o filhinho no trenó. Vassili Andrêitch, estimulado pelo vinho que bebera com as visitas, estava ainda mais contente com tudo o que lhe pertencia e com tudo o que fazia. A visão do filho, que em pensamento ele sempre chamava de herdeiro, dava-lhe grande prazer, e agora ele contemplava o menino, apertando os olhos e sorrindo com os dentes compridos à mostra.

Enrolada no xale até a cabeça, de modo que só seus olhos estavam visíveis, grávida, pálida e magra, a mulher de Vassili Andrêitch despedia-se dele no vestíbulo.

– Realmente, seria bom que levasses Nikita contigo – dizia ela, adiantando-se timidamente por detrás da porta.

Vassili Andrêitch, sem responder às suas palavras, que lhe eram visivelmente desagradáveis, franziu o cenho e cuspiu, irritado.

— Tu vais viajar com dinheiro — continuava a mulher no mesmo tom lamuriento. — E também o tempo pode piorar, verdade mesmo...

— Ora essa, será que eu não conheço o caminho, para sempre precisar de acompanhante? — retrucou Vassili Andrêitch com um trejeito forçado dos lábios, como costumava falar com vendedores e compradores, escandindo cada sílaba com especial clareza.

— Por favor, leva-o contigo, eu te suplico, por Deus! — repetiu a mulher, enrolando-se no xale, friorenta.

— Mas como se agarra, parece um grude!... E para onde eu vou levá-lo?

— Pronto, Vassili Andrêitch, estou pronto — disse Nikita, alegremente. — Tomara que, sem mim, não se esqueçam de dar de comer aos cavalos — acrescentou dirigindo-se à patroa.

— Vou cuidar disso, Nikítuchka, vou encarregar o Semión — disse a patroa.

— Então, como é, eu vou junto, Vassili Andrêitch? — perguntou Nikita, esperando.

— Ora, acho que sim, precisamos agradar à velha. Mas, se vens comigo, vai vestir alguma fatiota mais quente — falou Vassili Andrêitch sorrindo de novo e piscando os olhos para a meia-peliça de Nikita, rasgada nas costas e nas axilas, de bainha esgarçada qual franja, ensebada e amarrotada, que já passara por umas e outras.

— Ei, meu querido, vem segurar o cavalo um instante — gritou Nikita para o marido da cozinheira, no pátio.

— Eu seguro, eu mesmo seguro — guinchou o menino, tirando dos bolsos as mãozinhas vermelhas e geladas, para agarrar o couro frio das rédeas.

– Mas não fiques alisando demais a tua fatiota, vai rápido! – gritou Vassili Andrêitch, troçando de Nikita.

– Vou num fôlego, paizinho Vassili Andrêitch – falou Nikita, e correu para o pátio, pisando ligeiro, com os bicos das suas velhas botas de feltro virados para dentro, para a *izbá*[3] da criadagem.

– Vamos, Arinuchka, pega a minha bata de cima da estufa, vou viajar com o patrão! – falou Nikita, entrando na *izbá* e tirando seu cinto do prego.

A cozinheira, que já fizera a sesta depois do almoço e estava esquentando o samovar para o chá do marido, recebeu Nikita alegremente e, contagiada pela sua urgência, mexeu-se ligeira: alcançou de cima da estufa o *caftan* de lã ruinzinho e surrado que lá secava e pôs-se a sacudi-lo e alisá-lo apressadamente.

– Agora sim, vais ficar à vontade para te divertires com o teu marido – disse Nikita à cozinheira, como sempre dizendo alguma coisa, por bonachona cortesia, à pessoa com quem se encontrava a sós.

E, passando em volta do corpo o cintinho estreito e gasto, encolheu até não poder mais a barriga já por si afundada e apertou-o por cima da meia-peliça com toda a força.

– Agora sim – disse ele, já não se dirigindo mais à cozinheira, mas ao cinto, dando um nó em suas pontas. – Assim não escaparás mais – e, movendo os ombros para cima e para baixo, a fim de dar liberdade aos braços, vestiu o roupão por cima de tudo, forçou

---

3. *Izbá*: casa de camponês russo, geralmente de madeira. (N.T.)

outra vez o dorso para soltar os braços, afroxou-os nas axilas e apanhou as luvas de dedão na prateleira. – Agora está tudo bem.

– Devias trocar de calçado, Nikita Stepánitch – disse a cozinheira. – As tuas botas estão bem ruinzinhas.

Nikita parou, como quem se lembra.

– É, precisava... Mas vai passar assim mesmo, não vamos longe!

E saiu correndo para o pátio.

– Não ficarás com frio, Nikítuchka? – perguntou a patroa quando ele se aproximou do trenó.

– Qual frio, está até quente – respondeu Nikita, ajeitando a palha no trenó, para cobrir os pés com ela, e enfiando debaixo dela o chicote, desnecessário para o bom cavalo.

Vassili Andrêitch já estava sentado na boleia, ocupando, com suas espáduas cobertas por duas peliças, quase toda a traseira curva do veículo, e, no mesmo instante, pegando as rédeas, fez o cavalo andar. Nikita subiu no trenó em movimento e acomodou-se na frente, do lado esquerdo, com uma perna para fora.

2

O bom potro puxou o trenó e, com um leve ranger dos patins, partiu a passo ligeiro pela estrada lisa e gelada da aldeia.

– Onde foi que te penduraste? Passa-me cá o chicote, Nikita! – gritou Vassili Andrêitch, obviamente orgulhoso do herdeiro que se agarrara à traseira, sobre os patins do trenó. – Eu já te pego! Já, já para casa, para a mamãe, moleque!

O menino saltou do trenó. O Baio estugou a marcha e passou da andadura para o trote.

Na aldeia de Kresty, onde ficava a casa de Vassili Andrêitch, havia só seis casas. Assim que ultrapassaram a última *izbá*, a do ferreiro, perceberam logo que o vento era bem mais forte do que lhes parecera. Já quase não se via a estrada. As marcas dos patins eram imediatamente cobertas pela neve varrida, e só era possível distinguir o caminho porque ficava mais alto que o resto do lugar. A neve girava por todo o campo e não se vislumbrava aquela linha onde a terra se junta com o céu. A floresta de Teliátino, sempre bem visível, só de raro em raro pretejava através da poeira da neve. O vento soprava do lado esquerdo, teimosamente, fazendo voar para o mesmo lado a crina do pescoço ereto do Baio e a sua farta cauda, amarrada num simples nó. A gola comprida de Nikita, sentado do lado do vento, aplastava-se contra o seu rosto e o seu nariz.

– Ele não consegue correr de verdade, está nevando – disse Vassili Andrêitch, orgulhoso do seu bom cavalo. – Certa vez fui com ele para Pachútino, e conseguimos chegar lá em meia hora.

– O quê? – perguntou Nikita, que não o ouvira por causa da gola.

– Estou dizendo que cheguei a Pachútino em meia hora – gritou Vassili Andrêitch.

– Nem se fala, é um cavalo e tanto! – disse Nikita.

Ficaram calados por um tempinho. Mas Vassili Andrêitch tinha vontade de falar.

– Então, eu não mandei que tua mulher não desse bebida ao toneleiro? – falou Vassili Andrêitch com a mesma voz alta, convencido de que para Nikita devia ser lisonjeiro conversar com um homem importante e inteligente como ele, e tão satisfeito ficou com a sua pilhéria que nem lhe passou pela cabeça que essa conversa podia ser desagradável a Nikita.

Mas, de novo, Nikita não ouviu as palavras do patrão, levadas pelo vento.

Vassili Andrêitch repetiu, com a sua voz alta e clara, o chiste sobre o toneleiro.

– Deixa pra lá, Vassili Andrêitch, eu não me intrometo nessas coisas. Só quero que ela não maltrate o garoto, o resto não me importa.

– É isso mesmo – disse Vassili Andrêitch. E, puxando um novo assunto: – Mas, como é, vais comprar um cavalo na primavera?

– Não dá pra escapar disso – respondeu Nikita, afastando a gola do *caftan* e inclinando-se para o patrão.

Agora a conversa já interessava a Nikita, e ele queria ouvir tudo.

– O menino já está crescido, tem de arar sozinho, sem gente alugada – acrescentou.

– Pois, então, que fiquem com o desancado, não vou cobrar caro! – exclamou Vassili Andrêitch, sentindo-se estimulado e retomando sua ocupação predileta – mercadejar –, a qual absorvia todas as suas forças.

– Quem sabe o senhor me dá uns quinze rublos, e eu vou comprar um na feira equina – disse Nikita, sabendo bem que o preço do cavalo que Vassili Andrêitch queria lhe impingir era de uns sete rublos, mas que, entregando-lhe esse cavalo, Vassili Andrêitch o avaliaria em uns 25 rublos, e então ele já não veria dinheiro algum por meio ano.

– O cavalo é bom, eu só quero o melhor para ti, é como se fosse para mim mesmo. Conscientemente. Brekhunóv não prejudica pessoa alguma. O que é meu que se perca, eu não sou como os outros. Pela minha honra! – gritou com aquela voz com que engabelava vendedores e compradores. – É um cavalo de verdade!

– Está certo – disse Nikita suspirando, e, convencido de que nada mais havia para ouvir, largou a gola, que imediatamente lhe tapou a orelha e o rosto.

Viajaram calados por cerca de meia hora. O vento soprava no flanco e no braço de Nikita, através do rasgão na peliça. Ele se encolhia e bafejava para dentro da gola que lhe fechava a boca e nao sentia frio no resto do corpo.

– O que achas, vamos por Karamychevo ou direto? – perguntou Vassili Andrêitch.

A viagem por Karamychevo era por uma estrada menos deserta, com bons marcos dos dois lados, porém mais longa. Direto era mais perto, mas a estrada, além de pouco usada, não possuía marcos, ou os que havia eram ruinzinhos, quase invisíveis sob a neve.

Nikita pensou um pouco.

– Por Karamychevo é mais longo, mas a estrada é melhor – respondeu.

– Mas direto é só passar o valezinho – disse Vassili Andrêitch, que tinha vontade de ir pelo caminho mais curto.

– Como queira – disse Nikita e baixou de novo a gola.

Vassili Andrêitch fez como disse e, depois de andar cerca de meia *versta*[4], virou à esquerda, onde o vento agitava um ramo de carvalho com algumas folhas secas, aqui e ali, ainda presas nele.

Nessa virada, o vento soprava-lhes quase ao encontro, e começou a cair uma neve miúda. Vassili Andrêitch guiava, estufava as bochechas e bafejava de baixo para cima, dentro dos bigodes. Nikita cochilava.

Viajaram assim, calados, por uns dez minutos. De repente Vassili Andrêitch começou a dizer algo.

– O que foi? – perguntou Nikita, abrindo os olhos.

Vassili Andrêitch não respondia, mas se curvava, olhando para trás e para a frente, adiante do cavalo. O cavalo, com o pelo encrespado de suor no pescoço e nas virilhas, andava a passo.

– O quê, o que foi? – repetiu Nikita.

– O quê, o quê – arremedou Vassili Andrêitch, enfezado. – Não dá para ver os marcos! Decerto perdemos o caminho!

– Então para, que eu vou olhar a estrada – disse Nikita e, saltando do trenó, alcançou o chicote debaixo da palha e foi andando pela esquerda, do lado onde estivera sentado.

A neve naquele ano não era funda, de modo que se via o caminho por toda a parte, mas, mesmo assim, aqui e ali chegava até os joelhos e penetrava nas botas de Nikita, que caminhava tateando o chão com os pés e com o chicote, mas não encontrava a estrada.

---

4. *Versta*: milha russa; 1,6 km. (N.T.)

– Então, como é? – perguntou Vassili Andrêitch, quando Nikita voltou para o trenó.

– Deste lado aqui, não há estrada. Preciso andar um pouco daquele outro.

– Ali na frente parece que há alguma coisa escura, vai para lá e olha – disse Vassili Andrêitch.

Nikita foi também para lá, aproximou-se da mancha escura e viu que era terra, que deslizara de um barranco desmatado e tingira de negro a neve. Depois de andar um pouco também do lado direito, Nikita voltou e, sacudindo a neve da roupa e de dentro das botas, sentou-se no trenó.

– Precisas ir para a direita: o vento me soprava no lado esquerdo, mas agora bate direto na cara. Para a direita – repetiu Nikita, decidido.

Vassili Andrêitch obedeceu e virou à direita. Mas ainda não havia estrada. Continuaram assim por algum tempo. O vento não amainava, e começou a nevar de leve.

– Mas nós, Vassili Andrêitch, parece que nos perdemos mesmo – disse Nikita de repente, parecendo até animado. – E isto aqui, o que é? – acrescentou, mostrando umas folhas de batatas, enegrecidas, que despontavam sob a neve.

Vassili Andrêitch deteve o cavalo já suado, que respirava penosamente, estufando os flancos redondos.

– O que foi? – perguntou.

– Viemos parar no campo de Zakhárov, é isto o que aconteceu!

– Estás mentindo? – reagiu Vassili Andrêitch.

– Não estou mentindo, Vassili Andrêitch, falo a verdade – disse Nikita –, até dá para sentir pelos solavancos do trenó que estamos passando sobre o batatal.

E lá estão os montes de folhas: é o campo da plantação de Zakhárov.

– Essa agora, aonde nos metemos! – disse Vassili Andrêitch. – Fazer o quê, agora?

– Precisamos ir em frente, é só isso. Vamos acabar saindo nalgum lugar – disse Nikita. – Se não for na aldeia Zakhárovka, então será na quinta do proprietário.

Vassili Andrêitch concordou e guiou o cavalo seguindo a indicação de Nikita. Andaram assim bastante tempo. Às vezes saíam para terrenos desnudados, e o trenó sacolejava sobre os torrões de terra enregelada; outras vezes, sobre tocos de trigo furando a neve; ou então deslizavam sobre neve funda, plana e branca por igual, em cuja superfície já não se via mais nada.

A neve caía de cima e, às vezes, subia de baixo. O cavalo, visivelmente cansado, todo crespo de suor e coberto de geada, andava a passo. De repente perdeu o pé e afundou num rego ou numa vala. Vassili Andrêitch quis freá-lo, mas Nikita não deixou:

– Não segure! Se entramos, precisamos sair. Upa, queridinho, upa, amigão! – gritou com voz alegre para o cavalo, saltando do trenó e atolando-se na vala.

O cavalo arrancou e logo saiu para o barranco gelado. Aparentemente, era uma valeta cavada.

– Mas onde é que estamos, afinal? – perguntou Vassili Andrêitch.

– Logo vamos saber! – respondeu Nikita. – Toque em frente, sairemos em algum lugar.

– Mas aquilo, ao que parece, é a aldeia de Goriátchkino? – disse Vassili Andrêitch, apontando para algo preto que emergia da neve, mais adiante.

– Quando chegarmos, veremos que espécie de floresta é aquela – disse Nikita.

Nikita estava vendo que, do lado daquele pretume, o vento trazia folhas secas de salgueiro e, por isso, sabia que não se tratava de floresta, e sim de vivenda, mas não queria falar. E, de fato, eles não andaram mais que uns dez *sajens*[5] depois da vala, quando surgiram na sua frente as negras silhuetas de árvores e ouviu-se um som novo e lamentoso. Nikita adivinhara certo: não era uma floresta, mas um renque de salgueiros altos, com algumas folhas esparsas ainda tremulando aqui e ali. Aparentemente eram salgueiros plantados ao longo de um córrego da eira. Aproximando-se das árvores, que zuniam tristemente ao vento, o cavalo de repente fez um esforço e, com as patas dianteiras mais altas que o trenó, deu um arranco, saiu também com as patas traseiras para uma elevação, virou à esquerda e parou de se afundar na neve até os joelhos. Era a estrada.

– Pronto, chegamos – disse Nikita. – Só que não sabemos onde.

O cavalo seguiu sem titubear pela estrada nevada e, menos de quarenta *sajens* depois, apareceu na sua frente a cerca negra de um celeiro, de cujo telhado a neve espessa que o cobria deslizava sem cessar. Ao pararem ao largo do celeiro, a estrada colocou-os contra o vento, e eles afundaram direto num monte de neve fofa. Mas, pela frente, via-se uma passagem entre duas casas, de modo que, ao que parecia, a neve fora soprada para o caminho, e era preciso atravessá-la. E, de fato, passando por cima do monte, eles entraram numa rua. No quintal mais próximo, drapejavam

---

5. *Sajen*: medida antiga; 1,83 m. (N.T.)

desesperadamente ao vento algumas roupas congeladas, penduradas num varal; camisas, uma vermelha, outra branca, calças, faixas-perneiras e saias. A camisa branca debatia-se com fúria especial, agitando as mangas.

– Eis aí uma mulher preguiçosa: nem recolheu a roupa para a festa – observou Nikita, olhando para as irrequietas camisas.

3

No começo da rua ainda ventava, e o caminho estava coberto de neve, mas dentro da aldeia estava bem mais agradável, mais quente e sossegado. Um cachorro latia num quintal; no outro, uma camponesa, de cabeça coberta pela aba do casaco, parou na soleira da *izbá* para olhar os passantes. Do meio da aldeia ouvia-se a cantoria das moças.

Na aldeia, parecia que havia menos vento, e neve, e friagem.

– Mas isto aqui é Gríchkino – disse Vassili Andrêitch.

– É isso mesmo – respondeu Nikita.

E, de fato, era a aldeia de Gríchkino. Acontece que eles se desviaram para a esquerda, fazendo umas oito *verstas* numa direção que não era bem a necessária, mas, mesmo assim, aproximando-se do local pretendido. De Gríchkino até Goriátchkino a distância era apenas de umas cinco *verstas*.

No centro da aldeia, eles deram com um homem alto, andando pelo meio da rua.

– Quem vem aí? – gritou o homem, detendo o cavalo, e, ao reconhecer Vassili Andrêitch, foi tateando até o trenó e sentou-se na beirada. Era o *mujique* Issái, conhecido de Vassili Andrêitch e famoso em toda a região como ladrão de cavalos.

– Ah! Vassili Andrêitch! Para onde Deus o está levando? – disse Issái, envolvendo Nikita num bafo de vodca.

– Estávamos indo para Goriátchkino.

– E vieram parar aqui! Deviam ter ido por Malákhovo.

– Devíamos, mas não acertamos – disse Vassili Andrêitch, contendo o cavalo.

– O cavalinho é dos bons – disse Issái, medindo o Baio com olhos de conhecedor. – E então, como é? Pernoitam aqui?

– Não, não podemos, temos de seguir viagem.

– Se tu dizes, decerto tens precisão. E este aqui, quem é? Ah, Nikita Stepánitch!

– E quem haveria de ser? – respondeu Nikita. – O perigo é a gente perder o caminho de novo.

– Não há como se perder! Volta, vai em frente, pela rua mesmo, e lá, saindo da aldeia, continua em frente. Nada de virar para a esquerda. E, quando saíres para a estrada grande, então vira à direita.

– E a virada para a direita, em que altura fica?

– Logo que chegares na estrada, verás uns arbustos, e, do outro lado, na frente dos arbustos, há um marco, uma grande estaca de carvalho: é ali mesmo.

Vassili Andrêitch fez o cavalo dar meia-volta e partiu.

— Bem que podiam passar a noite aqui! — gritou Issái no encalço deles.

Mas Vassili Andrêitch não respondeu e incitou o cavalo: algumas *verstas* de caminho plano, duas das quais pelo bosque, pareciam fáceis de cobrir, tanto mais que o vento parecia amainar, e a neve diminuía.

Voltando pela mesma rua, pelo caminho aplainado, meio enegrecido pelo esterco fresco, e passando pelo jardim com o varal, de onde a camisa branca já se soltara e pendia só por uma manga congelada, eles saíram novamente para o campo aberto. A nevasca não só não amainara como parecia ter aumentado. O caminho estava encoberto pela neve, e só pelos marcos dava para perceber que eles não tinham saído da estrada. Mas até mesmo os marcos eram difíceis de distinguir adiante, por causa do vento contrário.

Vassili Andrêitch apertava os olhos, inclinava a cabeça, tentando distinguir os marcos, mas procurava confiar no cavalo, deixando-o livre. E o Baio de fato não se desviava e andava, pegando ora a direita, ora a esquerda, pelas curvas da estrada, que sentia debaixo dos cascos. Assim, apesar da neve cada vez mais pesada e do vento mais forte, as estacas dos marcos continuavam visíveis, ora à direita, ora à esquerda.

Após uns dez minutos de viagem, de repente surgiu, bem na frente do cavalo, algo negro a mover-se dentro da rede esconsa da neve tangida pelo vento. Eram companheiros de estrada. O Baio alcançou-os logo, até bater com as patas nas costas do assento do trenó na sua frente.

— Paaassem adiaaante... pela freeente! — gritavam do trenó.

Vassili Andrêitch começou a ultrapassá-lo. No trenó estavam três *mujiques* e uma mulher. Aparentemente, eram visitantes voltando de uma festa. Um dos homens açoitava com uma vara o lombo coberto de neve do seu cavalinho. Os outros dois, na frente, gritavam alguma coisa, agitando os braços. A mulher, toda enrolada nos agasalhos e coberta de neve, não se movia, encorujada na parte traseira do trenó.

– De onde são vocês? – gritou Vassili Andrêitch.

– De Aaaa... – era só o que se ouvia.

– De onde, eu pergunto!

– De Aaaa... – gritou um dos *mujiques* com toda a força, mas mesmo assim não deu para entender nada.

– Toca pra frente! Não deixa passar! – urrava o outro, sem parar de chicotear o pangaré.

– Chegando da festa, parece?

– Em frente, em frente! Toca, Siomka! Ultrapassa! Adiante!

Os trenós esbarraram um no outro com as lanças, quase se engancharam, soltaram-se, e o trenó dos *mujiques* começou a se atrasar.

O cavalinho felpudo, barrigudinho, todo coberto de neve, arfando e bufando sob a *dugá* baixa, lutava inutilmente, com as derradeiras forças, para fugir da vara que o castigava, arrastando as pernas curtas pela neve funda. Seu focinho, de ventas infladas e orelhas achatadas de medo, manteve-se por alguns segundos junto ao ombro de Nikita, mas logo começou a ficar para trás.

– O que faz o vinho! – disse Nikita. – Estão dando cabo do pangaré, esses brutos!

Durante alguns minutos, ouviram-se ainda o soprar das ventas extenuadas do cavalinho e os gritos ébrios dos *mujiques*, mas logo cessaram os sopros e os gritos, e não se ouviu mais nada além do silvar do vento e, vez por outra, do fraco ranger dos patins nos trechos da estrada livres de neve.

Esse encontro reanimou e alegrou Vassili Andrêitch, que, encorajado, espicaçou mais o cavalo, contando com ele.

Nikita, não tendo nada para fazer, cochilava, como sempre em tais circunstâncias, recuperando muito tempo de sono perdido. Súbito, o cavalo estancou, e Nikita quase caiu para a frente com o tranco.

– Mas estamos outra vez no rumo errado – disse Vassili Andrêitch.

– Por que diz isto?

– Porque não se veem mais estacas. Parece que perdemos o caminho de novo.

– Se perdemos o caminho, temos de procurá-lo – retrucou Nikita, lacônico. Desceu e começou a andar de novo pela neve, com as pisadas leves dos seus pés virados para dentro.

Andou bastante tempo, sumindo de vista, surgindo de novo e sumindo outra vez, e finalmente voltou.

– Aqui não há estrada, quem sabe mais adiante – disse ele, sentando-se no trenó.

Já começava a escurecer visivelmente. A nevasca não aumentava, mas também não amainava.

– Se ao menos escutássemos aqueles *mujiques* – disse Vassili Andrêitch.

– É, eles não alcançaram a gente, decerto se atrasaram muito. E, quem sabe, também não perderam o caminho! – disse Nikita.

– Então, para onde iremos agora? – perguntou Vassili Andrêitch.

– Se deixares o cavalo andar sozinho, ele leva a gente. Me dê as rédeas.

Vassili Andrêitch entregou-lhe as rédeas de boa vontade, tanto mais que suas mãos, dentro das luvas quentes, começavam a ficar entanguidas.

Nikita pegou as rédeas, apenas segurando-as de leve, procurando não movê-las, orgulhoso da esperteza do seu predileto. E, de fato, o inteligente animal, movendo as orelhas ora para um lado, ora para outro, começou a fazer uma curva.

– É só não falar nada – dizia Nikita. – Veja só o que ele faz! Anda, vai andando! É assim, vai assim mesmo.

O vento começou a soprar por trás, e a friagem diminuiu.

– E como ele é sabido! – continuava Nikita, elogiando o cavalo. – O Kirguiz é um cavalão forte, mas é bobo. Já este, veja só o que ele faz com as orelhas. Não precisa de telégrafo, percebe tudo à distância.

E não havia passado nem meia hora quando na frente delineou-se novamente alguma coisa escura: um bosque, ou uma aldeia, e do lado direito reapareceram as estacas dos marcos. Aparentemente, haviam saído para a estrada de novo.

– Mas isto aqui é Gríchkino outra vez – disse Nikita, de repente.

E, de fato, lá estava, à sua esquerda, aquele mesmo varal com as roupas congeladas, camisas e calções, que continuavam a se agitar ao vento com o mesmo desespero de antes.

Eles entraram na rua e novamente ficou tudo tranquilo, quente e agradável. E ficou visível o caminho de esterco, ouviram-se vozes, canções, latidos. Já escurecera tanto que em muitas janelas já havia luzes acesas.

Na metade da rua, Vassili Andrêitch fez o cavalo parar na entrada de uma casa grande, de tijolos, diferente das *izbás* de madeira.

Nikita foi até uma janela iluminada, em cuja luz dançavam flocos cintilantes de neve, e bateu com o cabo do chicote.

– Quem é? – respondeu uma voz vinda de dentro.

– Os Brekhunóv, de Kresty, meu bom homem – respondeu Nikita. – Vem para fora, por um momento.

Afastaram-se da janela e, logo depois, ouviram o rangido da porta se abrindo no vestíbulo e, em seguida, estalou o trinco da porta da rua e, logo, segurando a porta por causa do vento, apareceu um velho *mujique* alto, de barba branca, de peliça sobre os ombros e camisa festiva, e atrás dele um rapazola de blusão vermelho e botas de couro.

– És tu mesmo, Andrêitch? – perguntou o velho.

– Pois é, perdemos o caminho, meu caro – disse Vassili Andrêitch. – Íamos para Goriátchkino e viemos parar aqui. Saímos, nos afastamos e aí nos extraviamos de novo.

– Ora vejam, então se perderam! – disse o velho. – Petrúchka, vai lá, abre o portão! – voltou-se ele para o rapaz de blusão vermelho.

– É pra já – respondeu o moço com voz alegre e correu para o vestíbulo.

– Mas nós não vamos pernoitar aqui, meu caro – disse Vassili Andrêitch.

– E vais para onde? Já é noite, fica aqui!

– Eu até gostaria, mas não posso, preciso prosseguir. Negócios, amigo; não posso mesmo.

– Então, vem ao menos se aquecer junto ao samovar – disse o velho.

– Isso sim, posso me aquecer – disse Vassili Andrêitch. – E quando escurecer mais, e a lua aparecer, o caminho ficará mais visível e poderemos seguir viagem. Como é, vamos entrar e nos aquecer, Nikita?

— Como não, a gente pode se aquecer — apressou-se a concordar Nikita, que estava transido de frio e com muita vontade de esquentar, no calor, os seus membros enregelados.

Vassili Andrêitch entrou na casa com o velho, enquanto Nikita conduzia o trenó pelo portão aberto por Petrúchka e, por indicação do rapaz, fazia o cavalo entrar debaixo do telheiro. A *dugá* alta roçou no poleiro, no qual as galinhas e o galo, já acomodados, se alvoroçaram e começaram a cacarejar, aborrecidos. As ovelhas perturbadas precipitaram-se para um lado, pisoteando com os cascos o esterco congelado do chão. E o cachorro, assustado e raivoso, gania e latia freneticamente para o intruso.

Nikita conversou com todos: desculpou-se perante as galinhas, tranquilizou-as, garantindo que não as perturbaria mais; censurou as ovelhas por serem tão assustadiças sem saberem por quê, e ficou acalmando o cachorro durante o tempo todo que levou amarrando o cavalo.

— Assim, agora vai ficar bom — disse ele, sacudindo a neve da roupa. — Mas como se esgoela, ora veja! — acrescentou, dirigindo-se ao cachorro. — Já chega! Basta, bobinho, já basta! Só te cansas à toa, nós não somos ladrões, somos amigos...

— Está escrito que estes são os três conselheiros domésticos — disse o rapaz, empurrando com o braço forte, para baixo do telheiro, o trenó que ficara do lado de fora.

— E que conselheiros são esses? — perguntou Nikita.

– Está escrito assim no meu almanaque Paulson: se um ladrão sorrateiro se aproxima da casa, e o cachorro late, isso significa atenção, não durmas no ponto. Se o galo canta, é sinal de hora de se levantar. Se o gato se lava, quer dizer que vai chegar uma visita bem-vinda: prepara-te para recebê-la – disse o moço, sorrindo.

Petrúchka era alfabetizado e sabia quase de cor o Paulson, único livro que possuía, e gostava, especialmente quando estava um pouco bebido, como naquele dia, de fazer citações que lhe pareciam adequadas ao momento.

– Lá isso está certo – disse Nikita.

– Eu acho que estás bem gelado, não estás, tiozinho? – acrescentou Petrúchka.

– Sim, é isso mesmo – disse Nikita, e ambos atravessaram o pátio e o vestíbulo, para dentro da *izbá*.

4

A casa onde Vassili Andrêitch entrara era uma das mais ricas da aldeia. A família mantinha cinco lotes de terra e ainda alugava mais alguns por fora. Tinha seis cavalos, três vacas, dois bezerros e umas vinte ovelhas. O grupo familiar compunha-se de 22 almas: quatro filhos casados, seis netos – dos quais só Petrúchka era casado –, dois bisnetos, três órfãos e quatro noras com os filhos. Era uma das raras casas que ainda permanecia indivisa, mas também nela já fermentava um surdo trabalho de discórdia, como sempre iniciado entre o mulherio, o que em breve a levaria, infalivelmente, a uma separação de bens. Dois filhos trabalhavam em Moscou como aguadeiros, um era soldado. Em casa agora estavam o velho, a velha, o segundo filho – o dono – e o filho mais velho, que viera de Moscou para a festa, e todas as mulheres e crianças; além dos de casa, havia ainda um vizinho visitante e um compadre.

Na *izbá*, por sobre a mesa, pendia uma lâmpada com abajur, iluminando brilhantemente a louça de chá, uma garrafa de vodca, alguns petiscos e as paredes de tijolo, cobertas de ícones[6] no canto de honra, e ladeados por outros quadros.

Sentado à cabeceira da mesa, na sua peliça branca, Vassili Andrêitch chupava o bigode e passeava em volta seus olhos saltados de ave de rapina, examinando pessoas e coisas. Além dele, sentavam-se à mesa o velho calvo de barbas grisalhas, o dono, de camisão branco de pano rústico tecido em casa, e, ao seu lado, de fina camisa de chita sobre os ombros e costas reforçadas, o filho chegado de Moscou para a festa, e ainda outro filho, o espadaúdo primogênito, que tomava conta da casa; e o vizinho, um *mujique* ruivo e magro, o visitante.

Os homens, tendo acabado de beber e comer, preparavam-se para tomar o chá, e o samovar já zumbia no chão, junto à estufa. Pelos cantos agrupavam-se as crianças. Uma mulher embalava um berço. A dona da casa, velhinha de rosto sulcado de rugas em todas as direções, ocupava-se de Vassili Andrêitch.

Na hora em que Nikita entrou na *izbá*, ela acabava de encher um copinho de vodca, que oferecia ao visitante.

---
6. Ícones: imagens de santos. (N.T.)

— Não nos ofendas, Vassili Andrêitch, não podes, é preciso brindar a festa conosco – dizia ela. – Bebe, querido.

A visão e o cheiro da vodca, especialmente agora que estava gelado e cansado, perturbaram Nikita. Ele franziu o cenho e, após sacudir a neve do gorro e do *caftan*, postou-se diante dos ícones e, como se não visse ninguém, curvou-se e persignou-se três vezes diante das imagens. Depois, voltando-se para o velho, curvou-se em saudação, primeiro para ele e, em seguida, para todos os outros sentados à mesa, e só depois para as mulheres, paradas de pé ao lado da estufa, e, dizendo "boas festas", começou a tirar os agasalhos, sem olhar para a mesa.

— Mas como estás enregelado, tio – disse o irmão mais velho, olhando para o rosto, o bigode e a barba de Nikita, arrepiados e eriçados de neve.

Nikita tirou o *caftan*, sacudiu-o mais, pendurou-o junto à estufa e se aproximou da mesa. Também a ele ofereceram vodca. Houve um momento de luta torturante: ele quase aceitou o copinho e derramou na boca o líquido claro e perfumoso. Mas, lançando um olhar para Vassili Andrêitch, lembrou-se da promessa, das botas perdidas na bebedeira, lembrou-se do toneleiro e do filho a quem prometera comprar um cavalo na primavera – soltou um suspiro e recusou.

— Não bebo, muito agradecido – disse ele, carrancudo, e sentou-se no banco debaixo da segunda janela.

— Mas por que isso? – perguntou o irmão mais velho.

— Não bebo porque não bebo, é só isso – atalhou Nikita, sem levantar os olhos, espiando de soslaio sua barba e seu bigode ralos, que começavam a degelar-se.

– Não é bom para ele – disse Vassili Andrêitch, mordiscando uma rosquinha depois de um gole de vodca.

– Então, um copinho de chá – disse a velhinha carinhosa. – Acho que estás entanguido de frio, meu queridinho. Por que demoram com o samovar, vocês aí, mulherada?

– Está pronto – respondeu uma das jovens mulheres, abanando com a cortina o fumegante samovar coberto, e, erguendo-o com esforço do chão, colocou-o pesadamente sobre a mesa.

Neste ínterim, Vassili Andrêitch relatava como se desviaram do caminho, voltaram duas vezes para a mesma aldeia, como vagaram na neve, como se encontraram com os bêbados. Os donos da casa se espantavam, explicavam onde e por que se perderam e quem eram aqueles bêbados. E ensinavam-lhes como achar o caminho certo.

– Aqui, qualquer criança chega até a aldeia Moltchánovka, é só fazer a curva no lugar certo da estrada, onde se vê um arbusto. Mas vocês não chegaram até ali – explicava o vizinho.

– Deviam passar a noite aqui; as mulheres lhes arrumam as camas – insistia a velhinha.

– Poderiam partir de manhãzinha, será o melhor a fazer – secundava o velho.

– Não dá, amigo, são os negócios! – disse Vassili Andrêitch. – Se eu perder uma hora, não a recupero em um ano – acrescentou, lembrando-se do bosque e dos comerciantes que podiam arrebatar-lhe essa compra.

– Chegaremos lá, não é? – voltou-se ele para Nikita.

Nikita demorou para responder, parecia preocupado com o degelo da sua barba e do bigode.

– Se não nos perdermos de novo – disse por fim, sombriamente.

Nikita estava taciturno, porque sentia um desejo torturante pela vodca, e a única coisa que poderia mitigar tal desejo seria o chá, mas este ninguém ainda lhe dera.

– Só precisamos chegar até a curva. Ali já não nos perderemos mais, iremos pelo bosque até o próprio lugar – disse Vassili Andrêitch.

– O senhor é quem sabe, Vassili Andrêitch; se é para ir, então vamos – disse Nikita, recebendo o copo de chá agora oferecido.

– Acabemos de tomar o chá e sigamos em frente. Marche!

Nikita não disse nada, só assentiu com a cabeça e, derramando cuidadosamente o chá no pires, começou a aquecer no vapor suas mãos de dedos permanentemente inchados pelo trabalho. Depois, tendo mordido um minúsculo torrão de açúcar, curvou-se para os donos da casa e disse:

– À vossa saúde! – e sorveu devagar o líquido quente e reconfortante.

– Se alguém nos acompanhasse até a curva... – disse Vassili Andrêitch.

– Pois não, isso se pode – disse o filho mais velho. – Petrúchka vai atrelar e vai levá-los até a curva.

– Então vai lá e atrela, amigo, que eu saberei agradecer.

– Mas o que é isso, querido! – falou a carinhosa velhinha. – A gente faz de todo o coração.

– Petrúchka, vai atrelar a égua – disse o mais velho ao irmão.

– Eu vou – disse Petrúchka, sorrindo. E, arrancando o gorro do prego, correu para atrelar.

Enquanto preparavam o cavalo, a conversa voltou ao ponto em que se interrompera quando Vassili Andrêitch se aproximou da janela. O velho se queixava ao vizinho-alcaide do terceiro filho, que não lhe mandara presente algum para a festa, enquanto enviara à esposa um lenço francês.

– O pessoal jovem está se afastando da gente – dizia o velho.

– E como se afastam, nem me diga – respondeu o vizinho-compadre. – Ficaram inteligentes demais. Olha o Demótchkin: quebrou o braço do pai! Deve ser de tanta inteligência, eu acho.

Nikita olhava e escutava atento, e aparentemente tinha vontade de participar da conversa, mas, muito absorvido pelo chá, só meneava a cabeça em sinal de aprovação. Bebia um copo após outro e se sentia cada vez mais e mais aquecido, mais e mais confortável e aconchegado. A conversa continuou por muito tempo, sempre girando em torno do mesmo tema: os males da divisão de bens. E essa conversa obviamente não se referia a um assunto abstrato, mas tratava da partilha dentro da própria casa, uma partilha exigida pelo segundo filho, sentado ali mesmo, taciturno e calado. Obviamente, este era um ponto doloroso, e o problema preocupava todos os familiares, os quais, por decoro, não discutiam seus assuntos privados diante dos estranhos. Mas por fim o velho não aguentou mais e, com lágrimas nos olhos, começou a dizer que não deixaria fazerem a partilha enquanto estivesse vivo, e que, graças a Deus, a casa estava com ele, e, se fossem dividi-la, acabariam todos pedindo esmola.

— Como aconteceu com os Matvêiev — disse o vizinho. — Era uma casa de verdade, mas quando a dividiram, ficaram todos sem nada.

— E é isso que tu também queres — voltou-se o velho para o filho.

O filho não respondeu nada, e instalou-se um silêncio incômodo, logo interrompido por Petrúchka, que já atrelara o cavalo e voltara, alguns minutos antes, para a *izbá*, sempre sorridente.

— No meu Paulson há uma fábula — disse ele — sobre um pai que deu aos filhos um feixe de varas para quebrar. Não conseguiram quebrá-lo todo de uma vez, mas de varinha em varinha foi fácil. Assim é também isso aqui — disse ele, sorrindo até as orelhas. — Pronto! — acrescentou.

— Pois se está pronto, vamos embora — disse Vassili Andrêitch. — E quanto à partilha, não entregues os pontos, vovozinho. Foste tu que construíste tudo, és tu o dono. Entrega ao juiz de paz. Ele vai pôr ordem nisso.

— Ele cria tanto caso, pressiona tanto — insistia o velho com voz lamentosa — que não dá para acertar nada com ele. Parece até que está com o diabo no corpo!

Entrementes Nikita, que terminara de beber o quinto copo de chá, mesmo assim não o virou de fundo para cima, mas o colocou do lado, na esperança de que o enchessem mais uma vez. Mas não havia mais água no samovar, e a patroa não lhe encheu o copo pela sexta vez, e também Vassili Andrêitch já começara a vestir os agasalhos. Não restava nada a fazer. Nikita levantou-se, colocou de volta no açucareiro o seu torrão de açúcar todo mordido, enxugou o rosto suado com a barra da camisa e enfiou o seu pobre casaco. Em seguida, com um suspiro profundo, agradeceu aos donos da casa, despediu-se e passou do recinto quente e iluminado para o vestíbulo escuro e frio, que o vento uivante invadia pelas frestas da porta, e de lá saiu para o pátio escuro.

Petrúchka, de peliça no meio do pátio, ao lado do seu cavalo, recitava sorridente uns versos do Paulson: "A tempestade encobre o céu/rodopiando os flocos de neve/ora uivando como uma fera/ora chorando como uma criança".

Nikita balançava a cabeça, aprovador, enquanto desembaraçava as rédeas.

O velho, acompanhando Vassili Andrêitch, trouxe uma lanterna para o vestíbulo, tencionando iluminá-lo, mas o vento logo a apagou. E lá fora a nevasca recrudescia cada vez mais.

"Mas que tempo!", pensou Vassili Andrêitch. "Talvez nem dê para chegar lá! Mas não posso ficar, os negócios não esperam. E já que me abalei a sair, e o cavalo do velho já está atrelado... Chegaremos, se Deus quiser!"

O patrão velho também pensava que seria melhor não prosseguir viagem, mas ele já insistira para que ficassem e não fora atendido – agora já não podia pedir mais nada. "Quem sabe é por causa da velhice que eu tenho receio, mas eles chegarão lá", pensava ele, "e, pelo menos, nós iremos para a cama na hora de sempre, sem amolações."

Petrúchka, porém, nem pensava no perigo: conhecia muito bem o caminho e toda a região, e, além disso, o versinho "rodopiando os flocos de neve" o animava, por expressar perfeitamente o que se passava no pátio. Já Nikita não tinha a menor disposição para partir, mas se acostumara há muito tempo a não ter vontade própria e a servir aos outros, de modo que ninguém reteve os viajantes.

5

Vassili Andrêitch aproximou-se do trenó, mal distinguindo onde ele estava naquela escuridão, subiu e pegou as rédeas.

– Vai na frente! – gritou ele.

Petrúchka, de joelhos no seu próprio trenó, tocou o seu cavalo. O Baio, que já estava à espera, sentindo uma égua na sua frente, arrancou no encalço da fêmea, e todos saíram para a rua. Novamente seguiram o mesmo caminho, ao largo do mesmo quintal com as roupas congeladas no varal, que já não era visível; ao longo do mesmo galpão, agora coberto até o telhado, do qual a neve escorregava sem parar; ao longo das mesmas árvores que se curvavam e gemiam lugubremente sob o vento, e mais uma vez entraram naquele mar nevado, a rugir por cima e por baixo. O vento era tão forte que, quando soprava pelo lado e os viajantes ficavam contra ele, fazia o trenó adernar e empurrava o cavalo para o outro lado. Petrúchka ia na frente, no trote balouçante da sua valente égua, estimulando-a com gritos animados. O Baio se esforçava para alcançá-la.

Após uns dez minutos, Petrúchka virou-se para trás e gritou alguma coisa. Nem Vassili Andrêitch nem Nikita conseguiram ouvi-lo por causa do vento, mas adivinharam que haviam chegado à curva. Com efeito, Petrúchka virou para a direita, e o vento, que soprava de lado, tornou a soprar de frente; à direita, através da neve, viu-se algo escuro. Era o arbusto na curva.

– Agora vão com Deus!
– Obrigado, Petrúchka!
– A tempestade encobre os céus! – gritou Petrúchka, e sumiu.

– Ora vejam, que versejador – disse Vassili Andrêitch e puxou as rédeas.

– É sim, é um rapagão dos bons, um *mujique* de verdade – disse Nikita.

E prosseguiram em frente.

Nikita, enrolado no capote, com a cabeça encolhida entre os ombros, de modo que sua pequena barba aderia ao seu pescoço, estava calado, procurando não perder o calor acumulado no corpo dentro da *izbá* graças ao chá. Na sua frente, ele via as linhas paralelas das lanças do trenó, que o enganavam constantemente, simulando uma estrada lisa; e as ancas balouçantes do cavalo, com a cauda amarrada em nó; e, mais à frente, o pescoço e a cabeça do Baio, sob o arco da *dugá*, com a crina esvoaçante. De raro em raro, vislumbrava um marco na estrada, de modo que sabia que estavam no rumo certo, e ele não tinha nada para fazer.

Vassili Andrêitch dirigia, deixando que o cavalo seguisse a estrada sozinho. Mas o Baio, apesar de ter descansado na aldeia, corria de má vontade e parecia querer sair da estrada, de modo que Vassili Andrêitch teve que corrigi-lo algumas vezes.

"Eis um marco à direita, aqui outro, aqui o terceiro", contava Vassili Andrêitch. "E agora, eis a floresta", pensou, forçando a vista para algo que pretejava na sua frente. Mas o que lhe parecera uma floresta não passava de um arbusto.

Ultrapassaram o arbusto, cobriram mais uns vinte *sajens* – mas não apareceu o quarto marco nem a floresta. "A floresta deve aparecer já" – pensava Vassili Andrêitch, e, estimulado pelo vinho e pelo chá, mexia as rédeas o tempo todo, e o bom e submisso animal obedecia, andando ora a passo, ora a trote leve, para onde o mandavam, apesar de saber que o mandavam numa direção que não era, de todo, a correta. Passaram-se uns dez minutos, e a floresta não aparecia.

– Mas não é que nos perdemos outra vez! – disse Vassili Andrêitch, detendo o cavalo.

Nikita desceu do trenó, calado, segurando o seu capote, que ora grudava nele por causa do vento, ora se abria descobrindo-o, e saiu a vadear pela neve. Andou para um lado, andou para outro. Umas três vezes ele sumiu da vista, de todo. Por fim voltou e tomou as rédeas das mãos de Vassili Andrêitch.

– É para a direita que precisamos ir – disse Nikita, severo e decidido, fazendo o cavalo virar.

– Bem, se é para a direita, vai pra direita – disse Vassili Andrêitch, entregando-lhe as rédeas e enfiando as mãos entanguidas dentro das mangas.

Nikita não respondeu.

– Vamos, amigão, faz uma força – gritou para o cavalo, mas o cavalo, apesar das sacudidelas das rédeas, andava só a passo.

Aqui e ali a neve chegava-lhe até o joelho, e o trenó avançava aos arrancos a cada movimento do cavalo.

Nikita alcançou o chicote, pendurado na frente do trenó, e deu uma lambada no cavalo. O bom animal, não acostumado ao chicote, deu um arranco e partiu a trote, mas logo relaxou e voltou ao passo. Andaram assim durante uns cinco minutos. Estava tão escuro e ventava tanto que, por vezes, não se enxergava o arco da *dugá*. Por momentos parecia que o trenó ficava parado no lugar, e depois corria para trás. Súbito o cavalo estancou, como se pressentisse algo ruim pela frente. Nikita desceu de novo, largando as rédeas, e foi caminhando na frente do Baio para ver por que ele parara de repente; mas nem bem ele deu um passo adiante do cavalo, seus pés escorregaram e ele caiu rolando por um barranco.

– Para, para, para! – dizia ele para si mesmo, caindo e tentando deter-se, mas já não conseguia se segurar e só parou quando afundou os pés numa grossa camada de gelo, acumulada no fundo do barranco. A massa de neve da beira do barranco despencou em cima dele, entrando-lhe atrás da gola...

– Então é assim! – disse Nikita em tom reprovador, dirigindo-se ao barranco e sacudindo a neve da gola.

– Nikita! Ei, Nikita! – gritava Vassili Andrêitch, lá de cima.

Mas Nikita não respondia.

Ele não tinha tempo: sacudia-se, depois procurava o chicote que deixara cair quando rolava pela encosta. Encontrado o chicote, tentou subir por onde caíra, mas não era possível – ele escorregava de volta, de modo que teve de procurar uma saída por baixo. A uns três *sajens* do lugar onde rolara, ele conseguiu subir, de quatro, com dificuldade, para a lombada, e foi andando pela beira do barranco até o lugar onde devia estar o cavalo. Não via nem o cavalo nem o trenó; mas como caminhava contra o vento, ouviu os gritos de Vassili Andrêitch e os relinchos do Baio que o chamavam, antes de poder enxergá-los.

– Já vou, já vou, que berreiro é este! – resmungou ele.

Foi só quando chegou bem perto do trenó que Nikita viu o cavalo e, ao lado dele, Vassili Andrêitch, que parecia enorme.

– Onde diabos te foste meter? Temos de voltar. Voltar pelo menos até Gríchkino – rosnou o patrão, enfezado.

– Eu bem que gostaria de voltar, Vassili Andrêitch, mas me dirigir para onde? Há um buraco aqui tão grande que, se cairmos lá dentro, não sairemos nunca mais. Despenquei ali de um jeito que mal e mal consegui me safar.

– E então? Não podemos ficar parados aqui! Temos de ir para algum lugar – disse Vassili Andrêitch.

Nikita não respondeu nada. Sentou-se no trenó, de costas para o vento, tirou o capote, sacudiu a neve que lhe enchia as botas e, pegando um punhado de palha, forrou cuidadosamente um buraco na sola, por dentro.

Vassili Andrêitch permanecia calado, como quem agora entregava tudo aos cuidados de Nikita. Calçadas as botas, Nikita enfiou as luvas, pegou as rédeas e colocou o cavalo para andar ao longo da beira do barranco. Mas não andaram nem cem passos, quando o cavalo estancou outra vez: diante dele abria-se novamente uma ravina.

Nikita tornou a descer do trenó e saiu de novo a vadear pela neve. Andou assim por um bom tempo e, por fim, apareceu do lado oposto daquele do qual saíra.

– Está vivo, Andrêitch? – gritou ele.

— Estou aqui – respondeu Vassili Andrêitch. – E, então, como é?

— Não dá para entender de jeito nenhum. Está escuro. Há uns barrancos... Vamos ter de voltar a andar contra o vento.

Partiram de novo, e mais uma vez Nikita vadeou pela neve, subiu no trenó, tornou a apear, voltou a andar pela neve e, por fim, esbaforido, parou ao lado do trenó.

— E então? – perguntou Vassili Andrêitch.

— Então é que eu estou pondo os bofes pra fora! E o cavalo também já não aguenta mais.

— E agora, fazer o quê?

— Bem, espere aqui, espere um pouco.

Nikita saiu de novo e voltou logo.

— Siga-me – disse ele, colocando-se na frente do cavalo.

Vassili Andrêitch já não ordenava nada, mas fazia, obediente, o que Nikita lhe dizia.

— Aqui, atrás de mim! – gritou Nikita, desviando-se rápido para a direita e, agarrando o Baio pela rédea, dirigiu-o para algum lugar mais abaixo, num monte de neve.

O cavalo resistiu no começo, mas em seguida deu um arranco, na tentativa de saltar por cima do monte de neve, porém não conseguiu e afundou-se nele até a colhera.

— Sai daí! – gritou Nikita para Vassili Andrêitch, que continuava sentado no trenó, e, segurando numa das lanças, começou a empurrar o trenó para cima do cavalo. – Está difícil, irmão – dirigiu-se ele ao Baio –, mas, que remédio, faz um esforço! Vamos, vamos, mais um pouco! – gritou ele.

O cavalo arrancou uma vez, e outra, mas não conseguiu safar-se e sentou de novo, como que ponderando alguma coisa.

– Mas como, irmão, assim não dá! – arengava Nikita para o Baio. – Vamos, só mais uma vez!

Novamente Nikita puxou o trenó pela lança, do seu lado. Vassili Andrêitch fez o mesmo, do outro lado. O cavalo sacudiu a cabeça, depois arrancou de repente.

– Vamos, vamos! Força! Não vais te afogar! – gritava Nikita.

Um salto, outro, o terceiro, e finalmente o cavalo safou-se do monte de neve e parou, arfando e sacudindo-se todo. Nikita quis continuar em frente, mas Vassili Andrêitch ficara tão esbaforido dentro das suas duas peliças que não conseguia andar, e deixou-se cair no trenó.

– Deixa-me tomar fôlego – disse ele, desfazendo o nó do lenço com o qual amarrara a gola de peliça, na aldeia.

– Está tudo bem, fique deitado aí – disse Nikita –, eu vou levando sozinho. – E, com Vassili Andrêitch no trenó, foi conduzindo o cavalo pelo bridão uns dez passos para baixo, e depois um pouco para cima, até parar.

O lugar onde Nikita parara não ficava no fundo da ravina – onde a neve, despencando da beira, poderia soterrá-los –, mas ainda era parcialmente protegido pela beira do barranco. Em alguns momentos o vento parecia amainar, mas isso durava pouco, e, em seguida, como para descontar esse descanso, o temporal atacava com força decuplicada, puxando e rodopiando com fúria maior ainda. Um desses golpes de vento caiu no momento exato em que Vassili Andrêitch, recobrando o alento, desceu do trenó e aproximou-se de Nikita a fim de discutir o que fazer. Ambos se inclinaram involuntariamente e esperaram a rajada passar até poderem falar. O Baio também abaixava as orelhas, sem querer, e sacudia a cabeça. Assim que a fúria do vento amainou um pouco, Nikita, tirando as luvas, que enfiou no cinto, bafejou sobre as mãos e pôs-se a afrouxar a *dugá*.

– Mas o que é que estás fazendo? – perguntou Vassili Andrêitch.

– Desatrelando, o que mais eu posso fazer? Não aguento mais – respondeu Nikita, como que se desculpando.

– Mas nós não vamos continuar, para sair em algum lugar?

– Não vamos, só daríamos cabo do cavalo. O coitado já está no fim das suas forças – disse Nikita, apontando o esgotado animal, submisso e pronto para tudo, parado, com os flancos encharcados de suor, agitados pela respiração ofegante. – Temos de pernoitar aqui – repetiu ele, como se planejasse passar a noite numa estalagem, e começou a soltar a colhera.

– Será que não vamos morrer congelados? – disse Vassili Andrêitch.

– E daí? O que vier, não se pode recusar – disse Nikita.

6

Vassili Andrêitch, com suas duas peliças, sentia-se bem quente, em especial depois de se debater no monte de neve. Mas um calafrio correu-lhe pela espinha quando compreendeu que realmente teria de passar a noite ali.

Para se acalmar, acomodou-se no trenó e procurou seus cigarros e fósforos.

Nesse ínterim, Nikita desatrelava o cavalo e, enquanto se atarefava nisso, conversava sem cessar com o Baio, animando-o.

– Vamos, vamos, sai agora – dizia, tirando-o de entre as lanças do trenó. – E vamos amarrar-te aqui, e vou dar-te um pouco de palha e desembaraçar-te – falava, enquanto fazia o que dizia. – Depois de comer um pouco, te sentirás mais alegre.

Mas o Baio, ao que parecia, não se deixava tranquilizar pelas conversas de Nikita: estava inquieto, pateava, apertava-se contra o trenó, virava as ancas para o vento e esfregava a cabeça na manga de Nikita.

Como se fosse apenas para não ofender Nikita, recusando a oferta da palha que ele lhe enfiava debaixo do focinho, uma vez o Baio só abocanhou, num repente, um feixe de palha do trenó, mas decidiu, imediatamente, que a situação não era para palha: soltou-a, e o vento a levou incontinenti, espalhando-a e cobrindo-a de neve.

– Agora vamos colocar um sinal – disse Nikita e, virando o trenó na direção do vento, colocou as lanças na vertical e amarrou-as com a correia da sela à frente do trenó. – Agora, se a neve nos cobrir, gente boa verá estas lanças, saberá que estamos aqui e virá nos desenterrar – disse Nikita, calçando as luvas. – Foi assim que os velhos nos ensinaram.

Nesse meio-tempo, Vassili Andrêitch, abrindo a peliça e protegendo-se contra o vento, riscava um fósforo após outro contra a caixa de aço, mas suas mãos tremiam tanto que os fósforos, apenas acesos, eram logo apagados pelo vento, no mesmo momento em que se aproximavam do cigarro. Finalmente um fósforo conseguiu pegar fogo e iluminou por um instante a pelagem da sua peliça, sua mão com o anel de ouro no dedo indicador curvado para dentro, e a palha que escapava de sob o assento, coberta de neve, e o cigarro conseguiu ser aceso. Ele inalou avidamente por duas vezes, soltou a fumaça pelos bigodes, quis tragar mais uma vez, mas o vento arrebatou-lhe fumo e fogo e levou para onde já levara a palha.

Mas mesmo essas poucas tragadas de tabaco animaram Vassili Andrêitch.

– Se temos de pernoitar, pernoitaremos! – disse ele, decidido. – Mas, espera, eu ainda vou fazer uma bandeira – acrescentou, apanhando o lenço que tirara do pescoço e jogara no fundo do trenó. E, tirando as luvas, ficou de pé no trenó e, alcançando com esforço a correia que amarrava as lanças, prendeu o lenço com um nó apertado em uma delas.

O lenço começou sem demora a agitar-se desesperadamente, ora colando-se à lança, ora esticando-se e estalando.

– Viu que jeitoso? – perguntou Vassili Andrêitch, admirando sua obra, ao voltar a sentar-se no trenó. – Juntos seria mais quente, mas não vamos caber no assento os dois.

– Eu encontrarei lugar para mim – respondeu Nikita –, mas precisa cobrir o cavalo, ele está todo suado, o pobre querido. Dá licença – acrescentou, puxando o forro do assento debaixo de Vassili Andrêitch, e, dobrando-o, cobriu o Baio, depois de retirar as correias do seu lombo.

– Assim ficarás mais quente, bobinho – dizia ele, tornando a colocar as correias por cima do forro.

– Não vais precisar deste pano de saco? E dê-me um pouco de palha também – disse Nikita, terminando esse serviço e aproximando-se do trenó.

E, tirando ambas as coisas de sob Vassili Andrêitch, Nikita foi para trás do trenó, cavou uma cova na neve, forrou-a com a palha, e, afundando o gorro sobre as orelhas, enrolou-se no *caftan*, cobriu-se por cima com o saco e sentou-se sobre a palha, encostado à traseira externa do trenó, que o protegia do vento e da neve.

Vassili Andrêitch balançou a cabeça, desaprovadoramente, para o que Nikita estava fazendo, criticando como sempre a ignorância e a estupidez dos *mujiques*, e começou a preparar-se para a noite.

Espalhou e alisou a palha restante no fundo do trenó, arrumou-a em baixo de si e, enfiando as mãos nas mangas, encostou a cabeça no canto do trenó, na parede da frente, ao abrigo do vento.

Vassili Andrêitch não tinha vontade de dormir. Ficou deitado, pensando. Pensava sempre sobre a mesma coisa, sobre aquilo que constituía a única meta, o sentido, a alegria e o orgulho da sua vida: dinheiro. Quanto dinheiro já ganhara e quanto ainda poderia ganhar; quanto dinheiro ganharam e possuíram outras pessoas, suas conhecidas, e como ele, assim como elas, poderia ainda ganhar muito dinheiro. A compra do bosque de Goriátchkino era para ele assunto de enorme importância. Tinha esperança de ganhar, com esse bosque, de uma só vez, uns dez mil rublos. E ele se pôs a avaliar, em pensamento, um bosque que vira no outono, no qual contara todas as árvores numa área de mais de dois hectares.

"Os carvalhos darão madeira para patins de trenó. E tábuas, é claro. E lenha, uns trinta *sajens* por hectare", falava ele consigo mesmo. "Cada hectare dará, no mínimo, uns duzentos rublos de lucro, 36 hectares, 56 centenas, e mais 56 dezenas, e mais 56..." Ele via que o lucro passaria de doze mil, mas sem fazer as contas não conseguia calcular a quantia exata. "Em todo caso, dez mil eu não darei pelo bosque, mas uns oito mil eu pago, descontando as clareiras. Vou dar uma propina ao agrimensor – uns cem, ou até uns 150 rublos, e ele vai me medir uns bons cinco hectares de clareiras. E o dono vai entregá-lo por oito mil – três mil à vista, no ato, adiantado. Isso vai amolecê-lo na certa", pensava ele, apalpando com o dorso da mão a carteira no bolso. "Mas como é que fomos perder o caminho, só Deus sabe! Aqui devia existir uma floresta e uma guarita. Se ao menos a gente ouvisse os cachorros. Mas eles não latem, os malditos, quando é mais necessário..."

Ele afastou a gola da orelha para escutar melhor: mas só se ouviam os uivos do vento, os estalidos do lenço amarrado à lança e o ruído da neve açoitando as costas do trenó. Ele se cobriu de novo.

"Se pudesse prever isto, teria ficado para o pernoite na aldeia. Bem, não importa, chegaremos amanhã. É só um dia perdido. Com um tempo destes, os outros também não irão para lá." E ele se lembrou de que no dia nove tinha que cobrar do açougueiro. "O homem queria vir pagar sozinho; não vai me encontrar – e a mulher não vai saber receber o dinheiro. Ela é muito ignorante, não sabe lidar com as pessoas", continuava a pensar, lembrando-se de como ela não soubera tratar o chefe do distrito, que estivera em visita à sua casa, na véspera. "Já se sabe – mulheres! Onde é que ela já viu alguma coisa? No tempo dos meus pais, como era a nossa casa? Assim-assim, um camponês, um *mujique* rico: uma granja, uma estalagem, e só – era a propriedade inteira. E eu, o que foi que consegui em quinze anos? Uma venda, dois botequins, um moinho, um silo, duas propriedades arrendadas, uma casa com armazém de telhado de ferro", lembrou-se ele, com orgulho. "Bem diferente do tempo do meu pai. Hoje, de quem é a fama que ressoa na região? De Brekhunóv."

"E por que isso? Porque eu penso no trabalho, me esforço, não sou como alguns outros – uns preguiçosos, ou que se ocupam com bobagens. Mas eu passo noites em claro. Com nevasca ou sem nevasca, lá vou eu! Então o negócio vai em frente. Eles pensam que podem ganhar dinheiro assim, brincando. Nada disso, é preciso fazer força, quebrar a cabeça. Pernoitar em campo aberto, sem cerrar os olhos. A cabeça revirada de tanto parafusar", pensava ele, com orgulho. "Eles acham que se vence na vida por sorte. Veja só os Mironov, são milionários agora. E por quê? Trabalhe, e Deus te ajudará. Que Deus me dê saúde, é só isso!"

E a ideia de que poderia vir a ser milionário igual aos Mironov, que se fizeram do nada, emocionou tanto Vassili Andrêitch que ele sentiu necessidade de conversar com alguém. Mas não havia com quem conversar... Se ao menos chegassem até Goriátchkino, ele poderia conversar com o proprietário, fazê-lo ver umas tantas coisas.

"Mas que ventania! Vamos ficar tão cobertos que nem poderemos sair de manhã!", pensou ele, escutando a rajada de vento que soprava pela frente do trenó, açoitando-o com a neve. Vassili Andrêitch soergueu-se e olhou para trás: na trêmula e branca escuridão só vislumbrava a cabeça escura do Baio, o seu lombo coberto pela manta, que se agitava, e a cauda amarrada em nó. Mas, em volta, por todos os lados, na frente, atrás, reinava balouçante a mesma escuridão monótona e branca, por vezes como que clareando um pouco, por outras ficando ainda mais espessa.

"Eu não devia ter ouvido Nikita", pensava ele. "Devíamos ter prosseguido, sempre chegaríamos a algum lugar. Se ao menos pudéssemos voltar para Gríchkino, pernoitar em casa do Tarás. E agora, vamos ficar encalhados aqui a noite inteira. Mas o que eu pensava de bom? Sim, que Deus recompensa quem trabalha, e não os indolentes, os preguiçosos e os tolos. Mas preciso fumar um pouco!"

Ele se sentou, tirou a cigarreira e deitou-se de bruços, protegendo o fogo contra o vento com a barra da peliça, mas o vento penetrava e apagava os fósforos, um por um. Finalmente, ele conseguiu acender um cigarro e inalou. Ficou muito contente por tê-lo conseguido. Embora o vento fumasse o cigarro mais que ele, mesmo assim chegou a dar umas três tragadas e se sentiu novamente mais animado. Recostou-se de novo, enrolou-se na peliça e recomeçou a pensar, a lembrar, a devanear; e, de repente, inopinadamente, perdeu a consciência e cochilou.

Mas, súbito, algo pareceu empurrá-lo, despertando-o. Se o Baio puxou a palha debaixo dele, ou alguma coisa o perturbou por dentro, o fato é que acordou com o coração palpitando tanto que lhe pareceu que o trenó tremia todo. Vassili Andrêitch abriu os olhos. Em seu redor estava tudo igual, só que parecia haver mais claridade. "Está clareando", pensou ele, "decerto já falta pouco para amanhecer." Mas logo compreendeu que estava mais claro só porque a lua acabara de aparecer.

Soergueu-se e examinou primeiro o cavalo. O Baio continuava de traseiro voltado para o vento e tremia com o corpo inteiro. A manta escorregara para um lado, e a cabeça, coberta de neve, com a crina esvoaçando ao vento, estava mais visível. Vassili Andrêitch voltou-se para trás: Nikita permanecia na mesma posição, com as pernas debaixo da manta, cobertas de neve espessa. "Tomara que o *mujique* não morra congelado; roupinha ruim, a dele. Ainda acabo sendo responsabilizado... Que gente desmiolada, ignorante mesmo...", pensou Vassili Andrêitch, e fez menção de tirar a manta do cavalo para agasalhar Nikita, mas sentia frio demais para se levantar e mudar de posição, e também ficou com receio de resfriar o cavalo. "E para que fui levar o Nikita comigo? Tudo tolice, culpa dela!", pensou, lembrando-se da esposa mal-amada e voltando a recostar-se como antes, na frente do trenó. "Foi assim que um sujeito passou uma noite inteira dentro da neve", lembrou-se ele, "e não aconteceu nada. É, mas o Sevastian foi desenterrado", lembrou-se no mesmo momento. Tinha morrido enrijecido, como uma carcaça congelada. "Eu devia ter ficado em Gríchkino para pernoitar, e não haveria nada disto."

E, envolvendo-se cuidadosamente na peliça, para não perder nem um pouco do seu calor no pescoço, nos joelhos e nas plantas dos pés, Vassili Andrêitch fechou os olhos, procurando adormecer de novo. Mas, por mais que tentasse, agora não conseguia relaxar o bastante: pelo contrário, sentia-se cada vez mais desperto e atento. Pôs-se a calcular de novo os seus lucros e a dívida dos seus devedores; de novo começou a vangloriar-se perante si mesmo e a rejubilar-se com a sua própria importância – mas agora tudo isso era interrompido a cada momento por um medo sorrateiro e o insistente arrependimento por não ter aceito o pernoite em Gríchkino: "Seria outra coisa, eu estaria deitado no banco, quentinho".

Virou-se várias vezes, procurando acomodar-se, encontrar uma posição mais jeitosa e protegida do vento, mas tudo lhe parecia desconfortável; soerguia-se de novo, enrolava as pernas, fechava os olhos e aquietava-se. Mas ora as pernas comprimidas nas botas justas e forradas começavam a doer, ora o vento penetrava por algum lugar, e ele, imediatamente, tornava a lembrar-se, aborrecido, de como poderia estar agora deitado na *izbá* aquecida em Gríchkino, e soerguia-se de novo, revirava-se, enrolava-se e deitava-se outra vez.

Em certo momento, pareceu-lhe ouvir o canto distante de galos. Ficou animado, afastou a gola e ficou atento, mas, por mais que forçasse os ouvidos, não escutava nada além do som do vento silvando entre as lanças e drapejando o lenço, e do ruído da neve açoitando as paredes do trenó.

Nikita permanecia sentado, na mesma posição que assumira na véspera, e continuava imóvel, sem ao menos responder a Vassili Andrêitch, que se dirigira a ele por duas vezes. "Ele nem se incomoda, deve estar dormindo", pensava Vassili Andrêitch, irritado, espiando por cima da traseira do trenó o vulto de Nikita encoberto pela neve.

Levantou-se e deitou-se umas vinte vezes. Parecia-lhe que aquela noite não teria mais fim. "Agora já deve estar quase amanhecendo", pensou ele, levantando-se e olhando em volta. "Vou olhar o relógio. Mas está frio demais para descobrir-me. Bem, se eu vir que está amanhecendo, ficarei mais animado. Vamos poder atrelar..." Mas, no fundo da sua alma, Vassili Andrêitch sabia que ainda não estava amanhecendo e começava a ficar cada vez mais apreensivo, querendo, ao mesmo tempo, acreditar e enganar a si mesmo. Abriu cautelosamente os colchetes da peliça e, metendo a mão no regaço, ficou muito tempo remexendo ali, até encontrar o colete. A duras penas, conseguiu puxar para fora o seu relógio de prata com florzinhas de esmalte. Mas sem fogo não podia ver nada. Ele tornou a agachar-se sobre os joelhos e cotovelos, como quando acendia o cigarro; alcançou os fósforos e, tomando mais cuidado dessa vez, apalpando com os dedos o de cabeça maior, conseguiu acender um deles logo na primeira tentativa. Olhou para o mostrador debaixo da luz e não acreditou nos próprios olhos. Era apenas meia-noite e dez. A noite inteira ainda estava pela frente.

"Ah, que noite interminável!", pensou Vassili Andrêitch, sentindo um arrepio gelado na espinha, e, abotoando-se e cobrindo-se de novo, apertou-se contra o canto do trenó, preparando-se para uma espera paciente.

Súbito, por trás do rumor monótono do vento, ouviu um som novo e vivo que ia ficando mais forte, e, após se tornar bem nítido, começou a enfraquecer com a mesma regularidade. Não havia qualquer dúvida de que se tratava de um lobo. E esse lobo uivava tão próximo que se podia perceber até como ele, movendo as mandíbulas, mudava os tons de sua voz. Vassíli Andrêitch afastou a gola e escutou atentamente. O Baio também escutava, tenso, mexendo as orelhas, e, quando o lobo terminou o seu uivo, moveu as patas e bufou em advertência. Depois disso, Vassíli Andrêitch não só não conseguia mais adormecer como sequer tranquilizar-se. Por mais que tentasse pensar nas suas contas, nos seus próprios negócios e na sua fama, importância e riqueza, não conseguia se concentrar, e suas ideias se misturavam, vencidas pelo medo que o dominava cada vez mais, e a todos os pensamentos sobrepunha-se e com eles se mesclava o pensamento sobre por que ele não passara a noite em Grichkino.

"Deixa pra lá o tal bosque, tenho negócios suficientes sem ele, graças a Deus. Ai, eu deveria ter pernoitado em Grichkino!", dizia para si mesmo. "Dizem que os ébrios é que morrem gelados", pensou ele. "E eu bebi." E, atento às suas sensações, percebeu que começava a tremer, não sabendo se tiritava de frio ou de medo. Tentava cobrir-se e continuar deitado como antes, mas já não podia fazê-lo. Impossível conservar-se no lugar, queria levantar-se, empreender alguma coisa para abafar o medo que crescia dentro dele e contra o qual se sentia impotente. Tornou a pegar os cigarros e os fósforos, mas sobravam apenas três, os piores. Todos falharam e não pegaram fogo.

— Ah, o diabo que te carregue, maldito, vai pro inferno! — invectivou ele, sem mesmo saber contra quem, e jogou fora o cigarro amarrotado. Quis livrar-se também da caixa de fósforos, mas, interrompendo o gesto, enfiou-a no bolso. Foi tomado por tamanha agitação que não conseguia mais parar quieto. Desceu do trenó, ficou de costas para o vento e pôs-se a apertar o cinto, baixo e firme.

"Não adianta ficar deitado aqui, esperando pela morte! É montar no cavalo e adeus!", passou-lhe de repente pela cabeça. "Montado, o cavalo não para. Ele", pensando em Nikita, "vai morrer de qualquer jeito. E que vida é a dele? Ele nem liga para a sua vida, enquanto eu, graças a Deus, tenho razões para viver..."

E, desamarrando o cavalo, jogou as rédeas por cima da cabeça do animal e tentou montá-lo, mas as peliças e as botas eram tão pesadas que ele caiu. Então ficou de pé no trenó e tentou montar a partir dali, mas o trenó balançou sob o seu peso e ele despencou de novo. Finalmente, na terceira tentativa, aproximou o cavalo do trenó, e, colocando-se cautelosamente na beirada, conseguiu encarrapitar-se e ficar atravessado, de barriga para baixo, no lombo do Baio. Depois de ficar assim por alguns momentos, foi se arrastando para a frente, pouco a pouco, até que conseguiu jogar uma perna por cima do lombo do animal, para, por fim, poder aprumar-se e sentar com as plantas dos pés apoiadas na correia da retranca. Mas o safanão do trenó estremecido acordou Nikita, que se soergueu, e pareceu a Vassili Andrêitch que ele dizia alguma coisa.

– Só me faltava escutá-lo, povinho ignorante! Só para perecer aqui, a troco de nada? – gritou Vassili Andrêitch, e, enfiando debaixo dos joelhos as abas esvoaçantes da peliça, virou o cavalo e atiçou-o contra o trenó, na direção onde supunha que deveriam estar a floresta e a guarita.

7

Desde que se sentara, coberto pela serapilheira, atrás da traseira do trenó, Nikita permanecera imóvel. Ele, como todos aqueles que convivem com a natureza, era paciente e capaz de esperar calmamente durante horas e até dias, sem sentir inquietação ou irritação. Ouvira o patrão chamá-lo, mas não respondera, porque não queria responder nem se mover. Embora ainda se sentisse aquecido pelo chá que bebera e por ter se agitado bastante andando pelos montes de neve, Nikita sabia que esse calor não duraria muito e que, para aquecer-se pelo movimento, não teria mais forças, pois já se sentia tão cansado como um cavalo quando para sem poder andar mais, apesar das chicotadas, e o dono percebe a necessidade de alimentá-lo para que possa trabalhar de novo. Com um dos seus pés enregelado dentro da bota furada, Nikita já não sentia o polegar, e, além disso, seu corpo esfriava cada vez mais. A ideia de que poderia e, provavelmente, até deveria morrer naquela noite já lhe ocorrera, mas não lhe pareceu nem tão desagradável nem especialmente assustadora. E essa ideia não lhe parecia tão desagradável porque a sua vida inteira não fora nenhuma festa permanente, mas, pelo contrário, fora um servir aos outros interminável, o que já começava a fatigá-lo. E também não lhe era especialmente assustadora tal ideia porque, além dos patrões como Vassili Andrêitch, a quem servia ali, ele se sentiu sempre, nesta existência, dependente do Patrão maior, Aquele que o enviou para essa vida, e sabia que, mesmo morrendo, continuaria sob o poder desse mesmo Senhor, e que este Senhor não o abandonaria. "Se dá pena deixar o conhecido, o costumeiro? E daí? Também é preciso acostumar-se ao novo."

"Pecados?", pensou e se lembrou das bebedeiras, do dinheiro esbanjado com a bebida, das ofensas à mulher, dos insultos, da ausência da igreja, da inobservância dos jejuns e de tudo aquilo pelo que o padre o censurava durante a confissão. "Está certo, há os pecados. Mas como, será que fui eu mesmo que os atraí até mim? Vai ver que foi assim que Deus me fez. Pois é, pecados! E aonde eu vou me enfiar?"

Matutou assim, no começo, sobre o que poderia advir-lhe naquela noite, mas depois não voltou mais a esses pensamentos e se entregou às recordações que lhe vinham à cabeça por si mesmas. Ora se lembrava da chegada de Marfa, ora das bebedeiras dos trabalhadores, ora das suas próprias recusas ao vinho; e dessa viagem de agora, e da *izbá* de Tarás, e das conversas sobre partilhas, e do rapazola seu filho, e do Baio, que se aquecera agora debaixo da manta, e do patrão, que ora está fazendo ranger o trenó, revirando-se dentro dele. "Ele também, coitado, acho que se arrepende de ter saído com este tempo", pensava Nikita. "Com uma vida como a dele não dá vontade de morrer. Não é como nós outros." E todas essas lembranças começaram a embaralhar-se, a confundir-se na sua cabeça, e ele adormeceu.

Quando, porém, Vassili Andrêitch, ao montar no Baio, balançou o trenó, e a traseira na qual Nikita estava encostado foi sacudida, dando-lhe um violento tranco, ele acordou e, querendo ou não, teve de mudar de posição. Esticando as pernas com dificuldade e sacudindo a neve, Nikita levantou-se e, no mesmo momento, um frio torturante invadiu-lhe o corpo inteiro. Compreendendo o que acontecia, desejou que Vassili Andrêitch lhe deixasse a manta, agora inútil para o cavalo, a fim de cobrir-se com ela, e gritou para pedi-la.

Mas Vassili Andrêitch não parou e desapareceu no meio da nuvem de neve.

Ficando só, Nikita pensou por um momento no que fazer. Sentia que não tinha forças para sair à procura de abrigo. E voltar para o lugar anterior já era impossível, porque estava todo coberto de neve. E, dentro do trenó, sabia que não iria aquecer-se, pois não tinha com o que se cobrir, e a sua própria roupa, precária, já não o esquentava de todo: sentia tanto frio como se estivesse em mangas de camisa. Nikita teve medo. "Paizinho do céu!", balbuciou, e a consciência de que não estava sozinho, de que Alguém o ouvia e não o abandonaria, tranquilizou-o. Deu um suspiro profundo e, sem tirar a serapilheira da cabeça, subiu no trenó e deitou-se no lugar do patrão.

Mas, mesmo dentro do trenó, não conseguiu aquecer-se. No começo, tiritava dos pés à cabeça e, depois, quando o tremor passou, começou, pouco a pouco, a perder a consciência.

Não sabia se estava morrendo ou adormecendo, mas se sentia igualmente preparado para qualquer dos casos.

8

Nesse ínterim, Vassili Andrêitch, usando os pés e as pontas das rédeas, forçava o cavalo a correr na direção onde imaginava que deveriam ficar a floresta e a guarita. A neve cegava-lhe os olhos, e o vento parecia querer fazê-lo parar, mas ele, curvado para a frente e juntando incessantemente as abas da peliça entre as pernas, não parava de incitar o cavalo, o qual, com grande esforço, ia andando, submisso, para onde era mandado.

Durante uns cinco minutos ele prosseguiu, como lhe parecia, sempre em frente, sem enxergar nada além da cabeça do cavalo e do deserto branco, e também sem ouvir nada além do silvar do vento junto às orelhas do cavalo e à gola de sua peliça.

Súbito, algo pretejou na sua frente. Seu coração palpitou de alegria e ele dirigiu-se para lá, pensando ver as paredes das casas de uma aldeia. Mas a coisa preta não estava imóvel, mexia-se o tempo todo, e não era uma aldeia, mas uma fileira alta de artemísias secas, que, plantadas numa divisa, furavam a neve e agitavam-se desesperadamente sob a pressão do vento que assoviava e as curvava para o lado. E, por algum motivo, a visão desse artemisal torturado pela ventania inclemente fez Vassili Andrêitch estremecer com um terror estranho, e ele começou a apressar o cavalo, sem perceber que, ao se aproximar daquele lugar, mudara completamente de rumo. Agora ele tocava o cavalo na direção oposta, imaginando ir para onde estaria a guarita. Mas o Baio sempre puxava para a direita e, por isso, ele o forçava a andar para a esquerda o tempo todo.

Novamente algo pretejou na sua frente. Ele se animou, certo de que agora era mesmo a aldeia. Mas era de novo a divisa coberta de artemísias. Mais uma vez sacudiam-se desesperadamente as ervas secas, enchendo Vassili Andrêitch de estranho terror. Mas, pior que isso, ele viu no chão, já meio encobertas pela neve, marcas de cascos de cavalo, que só podiam ser as do Baio. Tudo indicava que ele andara em círculos, numa área reduzida. "Vou perecer assim!", pensou ele, mas, para não ceder ao medo, pôs-se a espicaçar o cavalo mais ainda, fixando os olhos na penumbra branca da neve, na qual lhe parecia vislumbrar pontos luminosos que logo sumiam assim que os fitava melhor. Uma vez pareceu-lhe ouvir latidos de cães ou uivos de lobos, mas eram sons tão fracos e vagos que não sabia se os ouvia mesmo ou se não passavam de ilusão. E ele parou, tenso, para escutar.

Súbito, um grito terrível e ensurdecedor soou nos seus ouvidos, e tudo vibrou e tremeu debaixo dele. Vassili Andrêitch agarrou-se ao pescoço do cavalo, mas também o pescoço do cavalo sacudia-se todo, e o grito terrível se tornou ainda mais pavoroso. Por alguns segundos, Vassili Andrêitch não conseguiu recuperar-se nem compreender o que acontecera. Mas o que ocorreu foi apenas que o Baio, tentando animar-se ou clamando por socorro, relinchara com a sua voz sonora e possante.

– Vai pro inferno! Que susto me deste, maldito! – exclamou Vassili Andrêitch. Mas, mesmo compreendendo a verdadeira causa do seu medo, ele já não conseguia enxotá-lo.

"Preciso refletir, me acalmar", dizia para si mesmo. Mas, ao mesmo tempo, não conseguia conter-se e continuava a forçar o cavalo, sem perceber que agora andava a favor do vento, e não contra. Seu corpo, especialmente a parte em contato com o assento, doía de frio, os pés e as mãos tremiam, e a respiração ficava ofegante. E ele percebia que estava perecendo no meio daquele terrível deserto nevado, sem vislumbrar qualquer meio de se salvar.

De repente, o Baio cedeu debaixo dele e, afundando-se num barranco de neve, começou a debater-se e a cair para o lado. Vassili Andrêitch pulou fora, arrastando o assento no qual se segurava, e, no mesmo momento, o cavalo, com um arranco, deu um salto, depois outro, e, relinchando e arrastando os arreios, sumiu de vista, deixando Vassili Andrêitch sozinho no monte de neve. Vassili Andrêitch tentou correr atrás dele, mas a neve era tão funda e as suas peliças tão pesadas que, afundando cada perna acima do joelho, ele, em menos de vinte passos, parou esbaforido.

"O bosque, os arrendamentos, o armazém, os botequins, a casa de telhado de ferro, o silo, o herdeiro", pensou ele, "como vai ficar tudo isso? Mas o que é isso? Não é possível!", passou-lhe pela cabeça. E lembrou-se de novo das artemísias balançando ao vento que tanto o assustaram, e ele foi tomado de tamanho terror que não conseguia acreditar na realidade do que lhe estava acontecendo. "Não será um pesadelo, tudo isto?" E ele queria acordar, mas não havia para onde acordar. Era uma neve real a que lhe açoitava o rosto, e o cobria, e gelava a sua mão direita, cuja luva se perdera; e era um deserto real este no qual ele agora se encontrava solitário; real como aquele artemisal, à espera da morte inevitável, iminente e sem sentido.

"Santa Mãe do Céu, meu Santo Pai Nicolau, mestre da abstinência", lembrou-se ele das rezas da véspera e da imagem de rosto negro, cercado de ouro, e das velas que ele vendia para essa imagem e que logo lhe eram devolvidas, apenas um pouco chamuscadas, as quais ele guardava numa caixa. E começou a implorar a esse mesmo Nicolau milagroso que o salvasse, prometendo-lhe missas e círios. Mas logo, ali mesmo, ele compreendeu, com toda a clareza e sem qualquer dúvida, que essa imagem, o ouro, as velas, o padre, as orações – tudo isso era muito importante e necessário lá na igreja; mas que, ali naquele lugar, essas coisas nada podiam fazer por ele; ele percebeu que entre as velas e rezas e sua mísera situação atual não havia nem poderia haver qualquer ligação.

"Não devo desanimar", pensou ele. "Preciso seguir as pegadas do cavalo antes que se apaguem", lembrou-se. "Ele vai me guiar, quem sabe até poderei alcançá-lo. O principal é não me afobar, senão fico exausto e, assim, estarei perdido mesmo." Mas, apesar da intenção de andar devagar, ele se precipitou para a frente e correu, tropeçando e caindo o tempo todo, levantando-se e caindo de novo. As pegadas do cavalo já estavam quase imperceptíveis nos lugares onde a neve era mais funda. "Estou perdido", pensou Vassili Andrêitch, "vou perder as pegadas, não vou alcançar o cavalo." Mas, no mesmo instante, olhando para a frente, ele viu uma coisa escura. Era o Baio, e não só o Baio, mas também o trenó e o lenço amarrado à lança vertical. O Baio estava lá, parado, sacudindo a cabeça que os arreios puxavam para baixo; estes haviam caído de lado e não mais se encontravam no lugar anterior, mas mais perto das lanças. O que acontecera é que Vassili Andrêitch caíra na mesma vala onde afundara antes com Nikita, que o cavalo o estava levando de volta para o trenó, e que ele saltara do seu lombo a não mais de cinquenta passos do lugar onde ficara o trenó.

9

Arrastando-se até o trenó, Vassili Andrêitch agarrou-se a ele e ficou parado por muito tempo, imóvel, procurando acalmar-se e recuperar o alento. Nikita não se encontrava no lugar onde o deixara, mas dentro do trenó jazia algo, já todo encoberto pela neve, e Vassili Andrêitch adivinhou que era Nikita. O medo de Vassili Andrêitch passara completamente, e, se agora ele temia alguma coisa, era somente aquele horrível estado de pânico que experimentara no cavalo, em especial quando ficara sozinho no monte de neve. Era imprescindível não permitir que esse medo se aproximasse e, para não deixá-lo voltar, era preciso fazer alguma coisa, ocupar-se de algum modo.

Assim, a primeira coisa que ele fez foi colocar-se de costas para o vento e abrir a peliça. Depois, logo que recobrou um pouco o fôlego, sacudiu a neve de dentro das botas e da luva direita – a esquerda estava irremediavelmente perdida, devia estar três palmos debaixo da neve –; a seguir, tornou a apertar o cinto, baixo e firme, como se cingia quando saía da venda para comprar das carroças o trigo trazido pelos *mujiques*, e preparou-se para a ação.

A primeira coisa a fazer era livrar a pata do cavalo. Foi o que Vassili Andrêitch fez, e, soltando os arreios, tornou a amarrar o Baio na argola de ferro da frente do trenó, no lugar antigo, e passou para trás do cavalo, a fim de arrumar as correias e os arreios no seu lombo. Mas naquele momento ele viu que alguma coisa se movia no trenó, e, de sob a neve que o cobria, levantou-se a cabeça de Nikita. Aparentemente com grande esforço, o já quase enregelado Nikita soergueu-se e sentou-se de um modo estranho, agitando a mão diante do nariz, como se espantasse moscas. Ele abanava a mão e dizia algo que pareceu a Vassili Andrêitch um chamado.

Vassili Andrêitch largou os arreios sem terminar de arrumá-los e aproximou-se do trenó.

– O que é? – perguntou ele. – O que estás dizendo?

– Es-tou mor-morrendo, é isso – articulou Nikita com dificuldade, a voz entrecortada. – O que ganhei, entrega ao meu filho ou à minha velha, tanto faz.

– O que foi, será que estás gelado? – perguntou Vassili Andrêitch.

– Estou sentindo... é a minha morte... perdoa, pelo amor de Cristo... – disse Nikita, com voz chorosa, continuando a abanar as mãos diante do rosto, como se enxotasse moscas.

Vassili Andrêitch ficou meio minuto parado, imóvel e calado. Depois, com a mesma determinação de um aperto de mão à conclusão de um negócio vantajoso, ele recuou um passo, arregaçou as mangas da peliça e, com ambas as mãos, pôs-se a remover a neve de cima de Nikita e do trenó. Retirada a neve, Vassili Andrêitch afrouxou apressadamente o cinto, abriu a peliça e, empurrando Nikita, deitou-se em cima dele, cobrindo-o não só com a sua peliça, mas com todo o seu corpo quente e afogueado. Enfiando as abas da peliça entre Nikita e as paredes do trenó, e apertando-o entre os joelhos, Vassili Andrêitch ficou deitado assim, de bruços, com a cabeça apoiada na parede fronteira do trenó, e agora já não ouvia nem os movimentos do cavalo, nem os silvos da tempestade, mas só atentava na respiração de Nikita. Nikita permaneceu imóvel durante muito tempo, depois suspirou alto e se moveu.

– Agora sim! E tu dizias que estavas morrendo. Fica deitado, aquece-te, que nós aqui... – começou Vassili Andrêitch.

Mas, para seu grande espanto, não conseguiu continuar, porque lágrimas lhe assomaram aos olhos e a mandíbula inferior começou a tremer miúdo. Ele parou de falar e só engolia o que lhe subia à garganta. "Fiquei apavorado demais, parece que estou bem fraco", pensou ele de si mesmo. Mas essa fraqueza não só não lhe era desagradável, como lhe proporcionava um deleite singular, nunca antes experimentado.

"Então conosco é assim", dizia ele consigo, sentindo uma estranha, enternecida e solene emoção. Durante um bom tempo, ficou deitado dessa maneira, silencioso, enxugando os olhos com a gola de pele e enfiando sob os joelhos a aba direita da peliça, que o vento insistia em abrir.

Mas ele sentia uma vontade enorme de falar com alguém sobre o seu estado de espírito tão jubiloso.

– Nikita! – disse ele.

– Que bom, estou quente! – foi a resposta que ouviu debaixo dele.

– Pois é, meu irmão, foi quase o meu fim. E tu ias morrer gelado, e eu também...

Mas, nesse momento, seu queixo recomeçou a tremer, os olhos tornaram a se encher de lágrimas, e ele não conseguiu falar mais.

"Ora, não faz mal", pensou ele, "eu mesmo sei de mim o que sei."

E Vassili Andrêitch calou-se. Ficou deitado assim por muito tempo.

Sentia-se aquecido por baixo, por Nikita, e por cima, pela sua peliça; só as mãos, com as quais segurava as abas da peliça dos lados de Nikita, e os pés, dos quais o vento ininterruptamente arregaçava a peliça, começavam a esfriar, em especial a mão direita, sem a luva. Mas ele não pensava nos pés, nem nas mãos, só pensava em como reaquecer o *mujique* estendido embaixo dele.

Algumas vezes Vassili Andrêitch relanceou os olhos para o cavalo e viu que o seu lombo estava descoberto, que as cobertas escorregaram para a neve e que seria preciso levantar-se e cobrir o cavalo, mas não conseguia decidir-se a abandonar Nikita nem por um minuto e quebrar o estado jubiloso em que se encontrava. Já não sentia medo algum, agora.

"Deixa estar, daqui ele não escapa", dizia para si mesmo, a respeito de reaquecer o *mujique*, com a mesma presunção com que falava das compras e vendas que realizava.

Vassili Andrêitch permaneceu deitado assim por uma, duas, três horas, mas não percebia o tempo passar. No começo, por sua imaginação passavam impressões da nevasca, das lanças do trenó e da cabeça do cavalo sob a *dugá*, todas dançando diante dos seus olhos – como também de Nikita, deitado debaixo dele; a seguir, elas começaram a se mesclar com recordações da festa, da mulher, do policial, da caixa de velas, e novamente Nikita, deitado debaixo dessa caixa; depois, começaram a aparecer os *mujiques*, a comprar e a vender, e paredes brancas, e casas com telhados de ferro, sob os quais jazia Nikita; depois tudo isso se misturou, as coisas foram entrando umas pelas outras e, como as cores do arco-íris que se fundem numa única cor branca, todas essas diversas impressões se fundiram num só nada, e ele adormeceu.

Dormiu muito tempo sem sonhos, mas, antes do amanhecer, os sonhos voltaram. Vassili Andrêitch viu-se parado diante da caixa de velas, e a mulher de Tikhón lhe pediu uma vela de cinco copeques para a festa, e ele queria pegar uma vela para lhe dar, mas suas mãos não lhe obedeciam, metidas nos bolsos. Queria contornar a caixa, mas os pés não se moviam: as galochas novas, reluzentes, grudaram-se no assoalho de pedra, e não era possível arrancá-las do chão, nem sair delas. E, de repente, a caixa de velas deixava de ser uma caixa de velas e se transformava numa cama, e Vassili Andrêitch se via deitado de barriga na caixa de velas, isto é, na sua própria cama, em casa. Estava deitado sobre a cama e não podia se levantar, mas precisava, porque aguardava a chegada de Ivan Matvêitch, o oficial, que viria buscá-lo para irem juntos a acertar o preço do bosque ou arrumar os arreios do Baio. E ele perguntou à esposa, "Como é, Nicoláievna, ele ainda não chegou?" "Não", dizia ela, "não chegou". E ele ouvia um carro se aproximando da porta, decerto era ele. Mas não, passou ao largo. "Nicoláievna", ele perguntava, "como é, ele não veio ainda?". "Não veio", respondia ela. E Vassili Andrêitch continuava deitado na cama e não conseguia levantar-se, esperando e esperando, e essa espera era ao mesmo tempo assustadora e jubilosa. E, de repente, o júbilo se cumpriu: chegava quem ele esperava, mas já não era Ivan Matvêitch, da polícia, e, sim, um outro: Aquele mesmo, o Esperado. Ele chegou e chamou-o pelo nome, e era Aquele mesmo que o chamara e lhe ordenara deitar-se sobre Nikita. E Vassili Andrêitch estava contente, porque Alguém veio buscá-lo. "Eu vou!", gritava ele feliz, e esse grito o acordou. E ele acordou, mas acordou um homem completamente diferente daquele que adormecera. Ele quis levantar-se – e não conseguiu; quis mover a mão, e não conseguiu; quis mover o pé, e também não conseguiu. E ele se espantou, mas não ficou nem um pouco aborrecido. Compreendeu que aquilo era a morte, mas não ficou nem um pouco aborrecido com isso. E ele se lembrou de que Nikita estava debaixo dele, que o *mujique* se aqueceu e estava vivo, e lhe pareceu que ele era Nikita e Nikita era ele, e que a sua própria vida não estava dentro de si, mas dentro de Nikita. Forçou o ouvido e ouviu a respiração e até o leve ressonar de Nikita. "Nikita está vivo, e isso quer dizer que eu também estou vivo", disse para si mesmo, triunfante.

E Vassili Andrêitch se lembrava do dinheiro, do armazém, da casa, das compras e dos milhões dos Mironov; e era-lhe difícil compreender por que esse homem, a quem chamavam Vassili Brekhunóv, se ocupava e se preocupava com todas essas coisas. "Ora, é que ele não sabia do que se tratava", pensou ele a respeito daquele Brekhunóv. "Ele não sabia o que eu sei agora. Agora não há erro. *Agora* eu sei." E novamente ele ouvia o chamado d'Aquele que já o chamara. "Eu vou, eu vou!", respondia todo o seu ser, jubiloso e comovido. E ele sentia que estava livre, e que nada mais o prendia.

E nada mais Vassili Andrêitch ouviu ou sentiu neste mundo.

Em volta continuava a reinar a fúria da tempestade. Os mesmos turbilhões de neve rodopiavam, cobrindo a peliça sobre o corpo de Vassili Andrêitch, e o Baio todo tremendo, e o trenó já quase invisível e, no fundo dele, deitado debaixo do patrão já morto, Nikita, aquecido e vivo.

10

Ao amanhecer, Nikita acordou. Foi despertado pelo frio que já começava a penetrar-lhe nas costas. Sonhava que voltava do moinho, com uma carga de farinha do patrão, e que, ao atravessar o ribeirão, errara o caminho e afundara a carroça na lama. Sonhava que havia se metido por baixo da carroça e tentava levantá-la, forçando as costas. Mas coisa estranha: a carroça havia se quedado nele, e ele não conseguia levantá-la nem sair debaixo dela. Sentia a cintura toda esmagada. E como estava frio! Era preciso sair de baixo. "Já basta!", dizia ele a alguém que lhe pressionava as costas com a carroça. "Retira os sacos!" Mas a carroça o esmagava, cada vez mais fria, e súbito ele ouviu um golpe estranho: acordou totalmente e se lembrou de tudo. A carroça fria era seu patrão morto, enrijecido, deitado sobre ele. E a pancada era o Baio, que dera dois coices no trenó.

– Andrêitch, Andrêitch! – Nikita chamava o patrão, cautelosamente, já pressentindo a verdade endurecendo suas costas. Mas Andrêitch não respondia, e sua barriga e suas pernas, duras e frias, pesavam como pesos de ferro.

"Finou-se, decerto. Deus o guarde!", pensou Nikita.

Virou a cabeça, afastou a neve com a mão e abriu os olhos. Já estava claro. O vento continuava silvando e a neve caindo, com a única diferença de que já não açoitava os lados do trenó, mas ia cobrindo silenciosamente o trenó e o cavalo, cada vez mais alto, e já não se sentia mais o movimento nem se ouvia a respiração do cavalo. "Também o Baio deve estar morto", pensava Nikita. E, com efeito, aquelas pancadas com os cascos na parede do trenó, que acordaram Nikita, eram os últimos esforços, para conservar-se de pé, do Baio moribundo, já completamente enrijecido.

– Deus, meu Senhor, parece que já me chamas a mim também – disse Nikita. – Seja feita a Tua vontade. Mas dá medo. Ora, pois, duas mortes não acontecem, mas de uma não se escapa. Pois que seja rápido, é só o que peço..." E ele cobriu novamente a mão, fechou os olhos, e se deixou cochilar, totalmente seguro de que agora estava morrendo mesmo.

Foi só na hora do almoço do dia seguinte que uns *mujiques* desencavaram, com suas pás, Vassili Andrêitch e Nikita, a trinta *sajens* da estrada e a meia *versta* da aldeia.

A neve cobrira o trenó por inteiro, mas as lanças verticais e o lenço amarrado nelas ainda estavam visíveis. O Baio, afundado na neve até a barriga, estava de pé, todo branco, a cabeça morta apertada contra o pescoço petrificado, as ventas cheias de gelo e os olhos embaçados com lágrimas congeladas. Definhara tanto numa única noite, que dele só restavam pele e ossos.

Vassili Andrêitch, duro como uma carcaça congelada, foi arrancado de cima de Nikita, de pernas abertas, tal como se deitara sobre ele. Seus olhos de gavião, arregalados, estavam congelados, e a boca aberta, debaixo do bigode, estava cheia de neve. Nikita, porém, estava vivo, embora todo gelado. Quando o acordaram, acreditava já estar morto e que tudo o que lhe acontecia então se passava não mais neste mundo, mas no outro. Mas, quando ouviu os gritos dos *mujiques* que o desencavavam e arrancavam de cima dele o corpo endurecido de Vassili Andrêitch, Nikita espantou-se no começo, porque no outro mundo os *mujiques* gritavam do mesmo jeito, e o corpo era o mesmo. Mas, ao compreender que ainda se encontrava aqui, neste mundo, ficou mais aborrecido do que contente, em especial quando sentiu que os dedos dos seus pés estavam congelados.

Nikita ficou no hospital durante dois meses. Três dedos dos seus pés tiveram de ser amputados, mas os outros sararam, de modo que ele pôde continuar a trabalhar. E continuou vivo por mais vinte anos, primeiro como trabalhador rural e, na velhice, como vigia noturno.

Nikita acabou morrendo em casa, como desejava, sob as imagens dos santos e com uma vela de cera acesa na mão. Antes de morrer, pediu perdão à sua velha e, por sua vez, a perdoou pelo toneleiro. Despediu-se também do filho e dos netinhos e morreu sinceramente feliz porque, com sua morte, livrava o filho e a nora do fardo de uma boca a mais e porque ele mesmo já passava desta vida da qual estava farto para aquela outra vida, que, a cada ano e hora, se lhe tornava mais compreensível e sedutora.

Estará ele melhor ou pior lá, onde acordou, depois da morte verdadeira? Terá ficado desapontado ou encontrou aquilo que esperava? Todos nós o saberemos, em breve.

O prisioneiro do Cáucaso

1

No Cáucaso, servia como oficial do exército um cavalheiro de nome Jílin.

Certo dia, Jílin recebeu uma carta de casa. A mãe idosa lhe escrevia: "Já estou muito velha e gostaria de rever meu filho querido antes de morrer. Vem despedir-te de mim, me sepultar, e então vai com Deus, volta para o teu serviço. Mas eu já achei uma noiva para ti: é ajuizada e bonita e tem posses também. Quem sabe ela te agrada, então te casas e acabas ficando aqui de uma vez."

Jílin ficou pensativo: "Na verdade, a velha já está muito mal; talvez eu nem torne a vê-la. É melhor ir até lá e, se a noiva for boa, posso até me casar."

Ele foi ao comandante, arranjou uma licença, despediu-se dos companheiros, deu quatro baldes de vodca aos seus soldados como despedida e preparou-se para partir.

Naquela época, o Cáucaso estava em pé de guerra. Pelas estradas não havia passagem nem de dia nem de noite. Assim que algum dos russos se afastava do forte, os tártaros logo o matavam ou então o arrastavam para as montanhas. Por isso, foi estabelecido que, por segurança, duas vezes por semana saísse um comboio de um forte para o outro. Os soldados iam na frente e na retaguarda, e o povo, no meio.

Foi no verão. De madrugada, reuniram-se as caravanas do forte, saíram os soldados da escolta e todos se puseram a caminho. Jílin ia a cavalo, e a carroça com os seus pertences seguia na caravana.

Eram 25 *verstas* de estrada. O comboio deslocava-se devagar: ora eram os soldados que faziam uma pausa, ora era a roda de uma carroça que se soltava, ou um cavalo que empacava, e então todos paravam e ficavam à espera.

O sol já passara do meio-dia, e a caravana não havia feito ainda nem metade do caminho. Poeira, calor; o sol torra e não há qualquer abrigo. Tudo é estepe nua: nenhuma árvore, nenhum arbusto à vista.

Jílin adiantou-se, sofreou o cavalo e esperou que a caravana o alcançasse. Aí ouviu um toque de corneta atrás – outra parada. Então pensou: "Que tal eu ir sozinho, sem os soldados? Meu cavalo é valente; mesmo que eu cruze com os tártaros, vou conseguir escapar. Ou será que não?"

E quedou-se pensativo. Logo se aproximou dele, a cavalo, outro oficial, Kostílin, armado de espingarda, que disse:

– Vamos embora, Jílin, vamos sozinhos. Não aguento mais, estou com fome e não suporto este calor; minha camisa está toda encharcada.

Kostilin era um homem pesado e gordo, estava todo vermelho, suando em bicas. Jílin refletiu um pouco e perguntou:

– A espingarda está carregada?

– Está.

– Neste caso, vamos. Mas com uma condição: não nos separarmos.

E lá se foram, cavalgando juntos pela estrada. Iam beirando a estepe, conversando e olhando para os lados – podia-se enxergar longe em toda a volta.

Assim que a estepe terminou, o caminho entrou por um desfiladeiro entre duas montanhas, e Jílin disse:

– Precisamos subir para a montanha, dar uma espiada, senão é capaz de alguém surgir de repente, sem a gente perceber.

Mas Kostílin retrucou:

– Espiar o quê? Vamos em frente.

Jílin não lhe deu ouvidos.

– Não – disse ele –, fica esperando aqui embaixo, que eu só vou dar uma espiada.

E tocou o animal para a esquerda, rumo ao monte. O cavalo de Jílin, que era montaria de caçador (pagara cem rublos por ele, quando ainda potrinho, e treinara-o ele mesmo), levou-o como alado pela escarpa acima. Mas, nem bem chegou lá, eis que, justo na sua frente, a pouca distância, havia um grupo de tártaros montados, uns trinta homens. Jílin tentou fazer seu cavalo voltar, mas os tártaros, que já o tinham visto, partiram atrás dele, arrancando as armas dos coldres em pleno galope. Jílin disparou montanha abaixo, com toda a força da montaria, gritando para Kostílin:

– Puxa a espingarda! – e dirigindo-se em pensamento ao seu cavalo: "Me salva, amigo, não vás tropeçar, senão estou perdido. Tenho que chegar até a arma, não vou me entregar!"

Mas Kostílin, em vez de esperar, assim que pôs os olhos nos tártaros disparou a toda brida rumo ao forte, açoitando o cavalo com o rebenque, ora de um lado, ora de outro. Só se via a cauda do animal volteando no meio da poeira.

Jílin viu a coisa mal parada. A espingarda se fora, e só com o sabre não conseguiria fazer nada. Tocou o cavalo de volta, em direção aos soldados do comboio, pensando em fugir. Mas já via seis tártaros galopando para cortar-lhe o caminho. O seu cavalo era valente, mas os deles eram mais ainda, e vinham de través. Jílin tentou fazer o animal dar meia-volta, mas este já pegara impulso, e não se podia mais detê-lo. E Jílin viu um tártaro de barba ruiva galopar em direção a ele num cavalo baio, guinchando, dentes à mostra, arma apontada.

"Pois sim", pensou Jílin, "eu vos conheço, demônios: se me pegam vivo, me metem numa fossa, me moem de chibata. Não me entrego vivo..."

E Jílin, embora de porte mediano, era corajoso. Puxou o sabre e tocou o animal para cima do tártaro ruivo, pensando: "Ou te atropelo com o cavalo, ou te racho com o sabre".

Mas Jílin não conseguiu alcançar o ruivo – um tiro de espingarda pelas costas acertou o seu cavalo, que desabou no chão em pleno galope e caiu sobre a perna de Jílin. Ele tentou levantar-se, mas já dois tártaros fedorentos o agarravam, torcendo-lhe os braços para trás.

Ele deu um safanão, derrubou ambos, mas já outros três saltavam das montarias e começaram a desferir-lhe coronhadas na cabeça. Seus olhos se embaçaram e ele cambaleou. Os tártaros o dominaram, amarraram-lhe as mãos nas costas, arrancaram-lhe as botas, apalparam-no todo, tiraram seu dinheiro, seu relógio e rasgaram-lhe a roupa. Jílin olhou para trás, para o seu cavalo. O pobre animal, que caíra de lado, assim permanecia e só as pernas se debatiam; na cabeça, um furo, do qual o sangue jorrava, negro, encharcando a poeira do chão a um metro em sua volta.

Um tártaro aproximou-se e começou a tirar a sela do cavalo, que ainda se debatia. Então puxou o punhal e cortou-lhe a garganta. Ouviu-se um silvo louco, o animal estrebuchou e foi o fim.

Os tártaros tiraram a sela, os arreios. O da barba ruiva montou no seu baio, os outros colocaram Jílin na sela atrás dele e, para que não caísse, afivelaram-no com uma correia à cintura do tártaro e o levaram para as montanhas.

Jílin, preso ao tártaro, balançava na sela com o rosto enfiado no dorso fedido do outro. Só via na sua frente o espadaúdo costado do tártaro, seu pescoço nodoso e a nuca raspada, azulada, debaixo do gorro. Com a cabeça ferida e o sangue coagulado nos olhos, Jílin não podia aprumar-se na sela nem enxugar o sangue. Seus braços estavam tão torcidos que lhe doía até a clavícula.

Cavalgaram muito tempo de monte em monte, vadearam um rio, saíram para a estrada e continuaram pelo vale. Jílin queria marcar a estrada, lembrar o caminho pelo qual o levavam, mas o sangue coagulado colava-lhe os olhos e ele não podia voltar-se.

Escurecia. Atravessaram outro riacho e encetaram a subida por uma encosta pedregosa. Logo se sentiu um cheiro de fumaça, ouviram-se latidos de cães, e eles chegaram a um *aúl* – uma aldeia tártara. Os tártaros saltaram dos cavalos, e a criançada do lugar cercou Jílin, atirando-lhe pedras e guinchando de alegria.

O tártaro enxotou as crianças, tirou Jílin do cavalo e chamou um criado. Chegou um mongol de cara ossuda, só de camisolão esfarrapado e com o peito todo nu. O tártaro deu-lhe uma ordem qualquer. O criado trouxe as grilhetas: dois pesados blocos de carvalho, presos em argolas de ferro, uma delas com corrente e cadeado.

Soltaram as mãos de Jílin, colocaram-lhe a grilheta, levaram-no para um telheiro, empurraram-no para dentro e trancaram a porta. Jílin caiu sobre um monte de esterco, apalpou no escuro o lugar mais macio e deitou-se.

2

Aquela noite inteira Jílin quase não dormiu. As noites eram curtas, e logo ele viu luz filtrando-se por uma fresta. Jílin levantou-se e foi espiar pela fresta. Podia ver a estrada seguindo encosta abaixo. À direita, uma *sáklia* – uma casa tártara –, com duas árvores na frente, um cachorro preto estendido na soleira e uma cabra com seus cabritos passeando pelo quintal, abanando os rabinhos.

Olhou mais e viu, subindo pela encosta, uma mocinha tártara, de camisa colorida solta, calções e botas, carregando sobre a cabeça uma grande jarra de latão, cheia de água. Ela caminhava, as costas estremecendo, balançando o corpo, e levava pela mão um tartarozinho de cabeça raspada, só de camisolinha. A moça entrou na casa com a jarra de água, e logo saiu o tártaro ruivo da véspera, de roupão *bechmét* de seda, punhal de prata no cinto, sapatilhas nos pés sem meias. Na cabeça, um gorro alto de pele de carneiro negro, quebrado para trás. Saiu, espreguiçando-se, alisando a barba vermelha.

Ficou um instante parado, deu uma ordem ao criado e se afastou.

Depois passaram a cavalo dois rapazolas a caminho do bebedouro. Surgiram alguns moleques de cabeça raspada, só de camisa, sem calças, juntaram-se num grupinho, foram até a cocheira, pegaram um graveto e começaram a enfiá-lo pela fresta; Jílin soltou um rosnido e a garotada saiu correndo, os joelhos pelados a brilhar.

Mas Jílin sentia sede, tinha a garganta seca. E pensava: "Se ao menos viessem me visitar". Então ouviu a porta se abrindo. Entrou o tártaro ruivo, e com ele outro, de estatura menor, meio escurinho, olhos negros brilhantes, corado, barbicha curta aparada, cara alegre, rindo o tempo todo. O moreninho estava ainda mais bem-ataviado: o *bechmét* de seda azul era debruado de galões, o punhal de prata no cinto era grande. Sapatilhas vermelhas, de marroquim, eram também rebordadas de prata. E, por cima das sapatilhas finas, outras mais grossas. O gorro alto era de astracã branco.

O tártaro ruivo entrou, disse algo que parecia um insulto e parou. Apoiou-se no umbral, mexendo no punhal, olhando para Jílin de soslaio, como um lobo.

Mas o moreno – ágil e vivo –, andando como se estivesse sobre molas, foi direto até Jílin, acocorou-se, arreganhou os dentes, risonho, tocou-lhe no ombro e pôs-se a falar qualquer coisa, depressinha, no seu linguajar, piscando os olhos, estalando a língua e repetindo muitas vezes:

— Boa *urús*, boa *urús!*

Jílin não entendeu nada e falou:

— Beber, dá-me água para beber.

O moreno riu: "Boa *urús*", e continuou a tagarelar à sua moda.

Jílin mostrou com as mãos e com os lábios que queria beber.

O moreno entendeu, riu, espiou pela porta e chamou:

– Dina!

Veio correndo uma menina – fininha, magricela, de uns treze anos, rosto parecido com o do moreno. Via-se que era sua filha; os mesmos olhos negros e brilhantes, uma carinha bonita. Vestia camisola longa, azul, de mangas amplas, sem cinto, debruada de galão vermelho na barra, no peito e nas mangas. Nas pernas, calções, e nos pés, sapatilhas finas e, sobre elas, outras, de salto alto. No pescoço, um colar todo feito de moedas russas de meio rublo. Tinha a cabeça descoberta, com uma trança negra entremeada por uma fita e, penduradas na fita, plaquinhas de metal e um rublo de prata.

O pai deu-lhe uma ordem qualquer: ela saiu correndo e voltou logo trazendo uma jarrinha de latão. Ofereceu a água a Jílin e acocorou-se, toda encolhida, os ombros mais baixos que os joelhos. Ficou assim, vendo Jílin beber, de olhos arregalados, como se ele fosse algum bicho raro.

Jílin devolveu-lhe a jarra. Ela pulou para trás, como uma cabra selvagem. Até o pai deu risada e mandou-a para algum outro lugar. Ela pegou a jarra, saiu correndo e voltou trazendo pão ázimo sobre uma tabuinha redonda; e acocorou-se de novo, toda encolhida, fitando-o sem desviar os olhos.

Os tártaros se foram, trancando a porta novamente. Pouco depois, veio o criado mongol e falou:

– Upa, o patrão, upa!

Ele também não falava russo. Jílin só entendeu que o mandavam ir para algum lugar.

Saiu arrastando a grilheta, capengando – não conseguia caminhar direito, o peso puxava o pé para o lado. Jílin foi seguindo o mongol. Viu que estava numa aldeia tártara, com umas dez casas, e a igreja deles, com uma torrezinha. Na frente de uma das casas três cavalos selados, seguros pela brida por um moleque. Dessa casa saltou o tártaro moreno, agitando as mãos, chamando Jílin para perto dele. Rindo e tagarelando na sua língua, foi entrando na casa, e Jílin o seguiu. Era um recinto bom, de paredes de barro bem-alisadas. Na entrada, acolchoados coloridos; nas paredes, tapetes caros, e, pendurados nos tapetes, espingardas, pistolas, sabres – tudo guarnecido de prata. Numa parede, um fogareiro pequeno, à altura do chão. Chão de terra, de limpeza impecável, com a parte da frente toda forrada de feltro; sobre o feltro, tapetes e, sobre os tapetes, almofadas de plumas. E, sentados nos tapetes, só de chinelas, estavam cinco tártaros: o moreno, o ruivo e três visitantes. Atrás das costas de todos, almofadas de plumas e, na frente, tabuinhas redondas com panquecas de milho, manteiga derretida e cerveja tártara – *buzá* – numa jarrinha. Comiam com as mãos, as mãos todas besuntadas de manteiga.

O moreno levantou-se de um pulo, mandou colocar Jílin num canto, fora do tapete, sobre o chão descoberto, e voltou para o tapete, servindo os visitantes de panquecas e *buzá*. O criado fez Jílin sentar no lugar indicado, tirou os sapatos, que pôs junto da porta, enfileirados junto com os dos outros, e sentou-se no feltro, mais perto dos patrões, vendo-os comer e engolindo a saliva.

Os tártaros comeram as panquecas. Aí veio uma mulher, de camisola igual à da menina, de calções e com a cabeça coberta por um lenço; levou a manteiga, as panquecas, e trouxe uma bacia e uma jarra de bico fino. Os tártaros puseram-se a lavar as mãos, depois as juntaram, ajoelharam-se, sopraram para todos os lados e recitaram suas orações. Conversaram um pouco na sua língua. Depois um deles se voltou para Jílin e começou a falar em russo.

– Tu – falou ele – foste preso pelo Kazai-Muhamet – e apontava para o tártaro ruivo. – E ele te deu ao Abdul-Murat – e indicou o moreno. – Abdul-Murat é agora o teu dono.

Jílin permanecia calado. Abdul-Murat pôs-se a falar, apontando para Jílin o tempo todo, rindo e repetindo:

– Soldado *urús*, boa *urús*.

O intérprete traduziu:

– Ele te manda escrever para casa, para mandarem resgate. Assim que mandarem o dinheiro, ele te solta.

Jílin pensou um pouco e perguntou:

– E quanto ele quer de resgate?

Os tártaros confabularam entre si, e o intérprete disse:

– Três mil moedas.

– Não – disse Jílin –, eu não posso pagar tanto.

Abdul pulou do lugar, abanando as mãos, e pôs-se a falar para Jílin, sempre pensando que este o entenderia. O intérprete traduziu:

– Quanto tu darás?

Jílin pensou e disse:

– Quinhentos rublos.

Aí os tártaros começaram a falar de repente, todos ao mesmo tempo. Abdul pôs-se a gritar com o ruivo, matraqueando tanto que chegou a espirrar saliva pela boca.

Mas o ruivo só apertou os olhos e estalou a língua. Calaram-se todos e o intérprete traduziu:

– Para o patrão, um resgate de quinhentos rublos é pouco. Ele mesmo pagou duzentos rublos por ti. Kazai-Muhamet estava lhe devendo. Ele ficou contigo em troca da dívida. É três mil rublos, e não dá para deixar por menos. E, se não escreveres, vão te enfiar na fossa, vão te castigar com o açoite.

"Eh!", pensou Jílin, "deixar intimidar-me por eles é pior ainda!"

Pôs-se de pé num salto e disse:

– Pois diz a esse cachorro que, se ele quer me meter medo, não lhe darei um centavo nem vou escrever para casa. Nunca tive medo e não tenho medo de vocês, cachorros!

O intérprete transmitiu o recado. Começaram todos a falar ao mesmo tempo, de novo. Matraquearam por muito tempo, aí o moreno pulou para junto de Jílin:

– *Urús* – disse ele – *djiguít, djiguít urús!*

Na língua deles, *djiguít* quer dizer machão – russo machão. Ele falava rindo e disse algo ao intérprete, que traduziu:

– Dá mil rublos!

Jílin insistiu na sua oferta:

– Mais de quinhentos rublos eu não darei. E, se me matam, não recebem nada.

Os tártaros conferenciaram mais um pouco, despacharam o criado para algum lugar e ficaram olhando ora para Jílin, ora para a porta. O criado voltou e atrás dele entrou um homem, alguém volumoso, descalço e andrajoso, também arrastando uma grilheta.

Jílin teve um sobressalto – reconhecera Kostílin. Ele também fora agarrado. Colocaram os dois lado a lado e eles começaram a relatar um ao outro o que lhes acontecera. E os tártaros observando, calados. Jílin contou como as coisas se passaram com ele. Kostílin contou que o cavalo empacara debaixo dele, que a espingarda falhara, e que esse mesmo Abdul o alcançara e aprisionara.

Abdul pulou, apontando para Kostílin, falando depressa. O intérprete traduziu, dizendo que ambos agora pertenciam ao mesmo dono, e que aquele que fizesse chegar o dinheiro primeiro seria o primeiro a ser libertado.

– Está aí – disse ele para Jílin –, tu estás sempre bravo, mas o teu companheiro é manso. Escreveu uma carta para casa, vão mandar cinco mil moedas. Por isso ele vai ser bem alimentado e não será maltratado.

Jílin retrucou:

– Meu companheiro que faça como quiser. Quem sabe, ele é rico. Mas eu não sou. Quanto a mim – acrescentou –, conforme falei, assim será. Se quiserem, podem me matar, não terão vantagem com isso. Mas, se eu escrever, será para pedir quinhentos rublos, e não mais.

Calaram-se um pouco. De repente, Abdul deu um pulo, alcançou um cofrinho, tirou uma caneta, um pedaço de papel e tinta, empurrou para Jílin, deu-lhe um tapinha no ombro, e apontou:

– Escreve!

Haviam concordado com os quinhentos rublos.

– Espera um pouco – voltou-se Jílin para o intérprete –, diz a ele que nos alimente bem, nos vista e nos calce, e que nos conserve juntos, para ficarmos mais animados. E que nos tire as grilhetas.

E Jílin olhou para o dono e riu. O dono também riu. Ouviu tudo e disse:

– Roupa, eu lhes darei da melhor, botas, tudo do melhor, bom até para casar. E comida de príncipes. E, se querem ficar juntos, que fiquem morando no telheiro. Mas a grilheta não posso tirar – vão fugir. Só será removida à noite.

Deu um tapinha no ombro de Jílin:
– Tua bom, minha bom!

Jílin escreveu para casa, mas colocou endereço errado, para que a carta não chegasse, pensando consigo: "Eu vou fugir".

Levaram Jílin e Kostílin para o telheiro, trouxeram palha de milho, água numa jarra, pão, dois casacos velhos e botas militares gastas. Decerto arrancadas de soldados que eles mataram. À noite, tiraram-lhes as grilhetas e trancaram o telheiro.

3

Jílin viveu assim, com o companheiro, durante um mês inteiro. O dono sempre rindo:

– Tua, Iván, boa; minha, Abdul, boa.

Mas alimentava-os mal: só lhes dava aquele pão sem levedo, de farinha de milho, assado como panqueca e, às vezes, até só a massa, sem assar.

Kostílin escreveu para casa mais uma vez, sempre

à espera da remessa, sempre tristonho. Ficava dias a fio sentado no telheiro, contando as horas para a chegada da resposta de casa, ou então dormindo. Mas Jílin sabia que a carta dele não chegaria ao destino, e não escrevia outra.

"Onde", pensava ele, "minha mãe vai arrumar tanto dinheiro para pagar por mim, se ela já vivia quase que só do que eu lhe mandava? Para juntar quinhentos rublos, ela teria que se arruinar de uma vez. Se Deus quiser vou me safar sozinho."

E ficava sempre atento observando, procurando descobrir um meio de fugir dali. Perambulava pelo *aúl*, assobiando, ou então ficava sentado, fazendo artesanato – ora esculpia bonecos de barro, ora tecia esteiras de palha. Jílin era jeitoso para qualquer trabalho manual.

Certa vez, ele esculpiu uma boneca com nariz, mãos e pés, de camisolão tártaro, e colocou-a sobre o telhado. Quando as mulheres saíram para buscar água, a filha do dono, Dina, viu a boneca e chamou as mulheres. Elas depuseram as jarras, ficaram olhando, dando risada. Jílin tirou a boneca, estendeu para elas. Elas riram, mas não se atreveram a pegá-la. Ele deixou a boneca no chão, entrou no telheiro e ficou observando o que aconteceria.

Dina aproximou-se correndo, olhou em volta, agarrou a boneca e fugiu.

De manhãzinha, ele viu Dina saindo para a soleira, com a boneca. E ela já tinha enfeitado a boneca com trapinhos vermelhos e a embalava, como a uma criancinha, cantarolando à sua moda. Saiu uma velha, pôs-se a ralhar com a menina, arrancou-lhe a boneca das mãos, quebrou-a e despachou Dina para o trabalho.

Jílin fez outra boneca, melhor ainda, e entregou a Dina. Certa vez Dina chegou trazendo uma jarrinha, colocou-a na frente dele, acocorou-se e ficou olhando, rindo e mostrando a jarra.

"De que ela está rindo?", pensou Jílin. Pegou a jarra, começou a beber. Pensava que fosse água, mas eis que era leite. Ele bebeu o leite e falou:

– Gostoso!

Dina ficou toda contente.

– Gostoso, Iván, gostoso! – e levantou-se de um pulo, bateu palmas, agarrou a jarrinha e saiu correndo.

E desde então ela começou a trazer-lhe leite todos os dias, às escondidas. Às vezes os tártaros faziam bolinhos de queijo com leite de cabra e os deixavam secando no telhado, e ela também lhe trazia esses bolinhos, às escondidas. E num dia em que o dono abateu um carneiro, ela lhe trouxe um naco de carne dentro da manga. Jogou-o e saiu correndo.

Certa vez desabou um temporal pesado, a chuva caiu a cântaros durante horas seguidas. E todos os ribeirões ficaram turvos. Onde dava passagem a vau, a água subiu mais de dois metros, revirando as pedras. Por toda a parte, riachos escorrendo, num marulhar constante entre as montanhas. E, quando o temporal passou, havia riachos correndo pela aldeia toda. Jílin conseguiu uma faca com o patrão, esculpiu um rolinho, tabuinhas, uma roda, e prendeu uns bonecos dos dois lados.

As garotas trouxeram-lhe trapinhos. Ele vestiu os bonecos – um de homem, outro de mulher. Fixou-os e colocou a roda na correnteza: a roda girou e os bonecos pularam.

Juntou-se a aldeia toda: garotos, meninas, mulheres e tártaros homens, olhando, estalando a língua:

– Ai, *urús*! Ai, Iván!

Abdul tinha um relógio russo, quebrado. Chamou Jílin, mostrou-o, estalando a língua. Jílin falou:

– Dá aqui, vou consertar.

Pegou o relógio, desmontou-o com o canivete, examinou, montou de novo e o devolveu. O relógio voltou a funcionar.

O dono ficou contente, trouxe-lhe o seu *bechmét* velho, todo em frangalhos, e lhe deu. Fazer o quê? Jílin aceitou o presente: "Pode até servir para me cobrir à noite".

Correu a fama de que Jílin era um mestre. Começaram a vir procurá-lo de aldeias distantes – um trazia um cadeado, outro uma espingarda ou uma pistola para consertar; outro vinha com um relógio. O dono trouxe-lhe ferramentas: alicates, furadeiras, lixas.

Certa vez, um tártaro ficou doente. Vieram a Jílin:

– Vai lá, trata dele.

Jílin não entendia nada de tratamento de doenças. Mas foi, olhou e pensou: "Quem sabe ele sara sozinho". Voltou para o telheiro, pegou água, areia, misturou. Diante dos tártaros, sussurrou sobre a água, deu-a de beber ao tártaro. Para sua sorte, o tártaro sarou.

Aos poucos, Jílin começou a entender um pouco da língua deles. E aqueles dentre os tártaros que se acostumaram com ele, quando precisavam, chamavam-no:

– Iván! Iván!

Mas outros o olhavam de soslaio, como a uma fera.

O tártaro ruivo não gostava de Jílin. Assim que o via, fechava a cara e se virava para outro lado, ou então o xingava. Havia entre eles também um velho, que não vivia na aldeia, mas vinha do sopé do monte. Jílin só o via quando ele entrava na mesquita para rezar. Era de estatura miúda e usava uma toalha branca enrolada no gorro. Barbicha e bigodes aparados, brancos como pluma, e rosto enrugado, vermelho como tijolo. Nariz adunco, qual bico de gavião, olhos cinzentos, raivosos, e boca desdentada, só com dois caninos. Às vezes ele ia passando, com o seu turbante, apoiado num cajado, olhando em volta feito um lobo. Assim que via Jílin, virava a cara e rosnava.

Certa vez Jílin desceu ao sopé do monte para ver como o velho vivia ali. Desceu pela picada e viu um jardinzinho cercado de pedras; atrás desse muro, cerejeiras, passas de pêssego e um casebre de telhado chato como uma tampa. Aproximou-se mais e viu apiários tecidos de palha e abelhas a esvoaçar, zunindo. E o velho, ajoelhado, todo atarefado junto ao apiário. Jílin aprumou-se um pouco para ver melhor, e a grilheta tilintou. O velho olhou para trás e soltou um guincho; puxou a pistola do cinto e atirou em Jílin, que apenas teve tempo de se agachar atrás de um pedregulho.

O velho procurou o dono para se queixar. O dono chamou Jílin, rindo, e perguntou:

– Para que foste à casa do velho?

– Eu – respondeu Jílin – não lhe fiz mal. Só queria ver como ele vive.

O dono transmitiu a resposta.

Mas o velho, furioso, chiava, resmungava, arreganhava os seus caninos, abanava as mãos, apontando Jílin.

Jílin não entendeu tudo, mas pôde perceber que o velho mandava o patrão matar os russos e não conservá-los no *aúl*. O velho foi embora.

Jílin perguntou ao dono quem era esse velho. O dono lhe disse:

– Ele é um grande homem! Ele foi o maior *djiguít*, matou muitos russos, era muito rico. Tinha três esposas e oito filhos. Todos viviam na mesma aldeia. Chegaram os russos, destruíram a aldeia e mataram sete de seus filhos. Restou um, que se rendeu aos inimigos. O velho foi e se entregou sozinho aos russos. Ficou com eles três meses; encontrou o filho, matou-o com as próprias mãos e se evadiu. Desde então, ele deixou de guerrear e foi para Meca rezar a Deus, por isso usa turbante. Quem esteve em Meca passa a se chamar Khadji e usa turbante. Ele não gosta da tua raça. Manda que eu te mate, mas eu não posso te matar, paguei um dinheiro por ti. E depois, fiquei gostando de ti, Iván; eu não só não te mataria, eu nem mesmo te deixaria partir se não tivesse empenhado a palavra.

E ria, repetindo em russo:

– Tua, Iván, boa; minha, Abdul, boa!

4

Jílin viveu assim durante um mês. De dia, perambulava pelo *aúl* ou fazia artesanato, mas, assim que caía a noite, e o *aúl* mergulhava em silêncio, ficava cavoucando dentro do seu telheiro. Era difícil cavar por causa das pedras, mas ele as desgastava com a lixa, e conseguiu cavar por baixo da parede um buraco suficiente para passar rastejando. "Se ao menos eu conhecesse bem o lugar", pensava ele, "para saber para que lado devo ir. Mas os tártaros não revelam nada."

Ele escolheu um dia em que o patrão se ausentou e foi depois do almoço para a montanha, atrás do *aúl* – queria olhar o lugar lá de cima. Mas, antes de partir, o patrão mandara o filho seguir Jílin, sem perdê-lo de vista.

E o garoto corria atrás de Jílin, aos gritos:
– Não vai! O pai proibiu! Vou já chamar alguém!
Jílin tentava convencê-lo:
– Eu não vou longe – dizia –, só vou subir naquele morro: preciso encontrar umas ervas para curar a tua gente. Vem comigo, eu não posso fugir com a grilheta. E amanhã eu faço para ti um arco com flechas.

Convenceu o garoto, e eles foram. Não era longe, mas, com a grilheta, ficava difícil. Andou, andou e conseguiu subir a duras penas. Jílin sentou-se, começou a observar o lugar: embaixo, na proximidade, um valezinho, com uma manada de cavalos, e outro *aúl* à vista, numa baixada; atrás do *aúl*, outra montanha, ainda mais escarpada; e, atrás daquela, uma outra. Entre as montanhas, o azulado da floresta, adiante, mais montanhas – cada vez mais e mais altas. E, dominando todas, montes brancos como açúcar erguiam-se, cobertos de neve. E um monte nevado despontava por cima dos outros, como um gorro. Para o nascente e para o poente, mais e mais montanhas, e, aqui e ali, um *aúl* fumegando num desfiladeiro. Jílin pensou: "Tudo isso é o lado deles". E começou a olhar para o lado russo: aos seus pés, um riacho, e o seu próprio *aúl*, cercado de jardinzinhos. Na beira do riacho, quais bonecas pequeninas, mulheres lavando roupa. Atrás do *aúl*, mais abaixo, um monte, e atrás dele outros dois, cobertos de bosques; e, entre dois montes, um espaço plano, azulado; e, nessa planura, bem ao longe, havia como que uma fumaça se estendendo. Jílin começou a relembrar quando vivia na fortaleza, onde o sol nascia e onde se punha. E percebeu que era ali mesmo, naquele vale, que devia estar o forte russo. Era para aquele lugar, entre aquelas duas montanhas, que ele precisava fugir.

O sol começou a se pôr. As montanhas nevadas, brancas, tornaram-se escarlates; nos montes negros já havia escurecido; um vapor subiu dos desfiladeiros, e aquele mesmo vale, onde devia estar o forte russo, ardeu como um incêndio sob a luz do poente. Jílin firmou os olhos: algo balançava no vale, como fumaça de chaminés. E lhe parecia que aquilo era de fato o forte russo.

Já estava ficando tarde. Ouviu-se o grito do *mulá* chamando para a oração. Os pastores tocavam os rebanhos, as vacas mugiam. O garoto chamava e chamava:

– Vamos!

Mas Jílin não tinha vontade de ir embora.

Voltaram para casa. "Agora, que eu já conheço o lugar", pensou Jílin, "é preciso fugir." Ele queria fugir naquela mesma noite. As noites eram escuras. Mas, por azar, ao anoitecer, os tártaros voltaram. Às vezes, eles retornavam trazendo gado e chegavam alegres. Mas, desta vez, vinham sem nada; só trouxeram na sela um companheiro morto, o irmão do ruivo. Chegaram raivosos e se preparavam para o enterro. Jílin saiu para olhar. Enrolaram o morto num pano, sem caixão, levaram-no para fora da aldeia e o depuseram na grama, debaixo dos plátanos. Veio o *mulá*, reuniram-se os velhos, enrolaram toalhas nos seus gorros, tiraram os calçados e se acocoraram em fileira diante do morto.

Na frente, o *mulá*; atrás, três anciãos de turbante, e, atrás deles, mais tártaros. Sentaram-se, de olhos fixos, calados, e ficaram em silêncio por muito tempo. Então o *mulá* levantou a cabeça e falou:

– Alá! – disse essa única palavra e novamente todos ficaram calados, de olhos fixos, por muito tempo, sentados, imóveis.

O *mulá* tornou a levantar a cabeça.

– Alá! – e todos repetiram: – Alá! – e tornaram a se calar.

O morto jazia no chão, não se mexia, e eles continuavam sentados, como mortos. Ninguém se movia. Só se ouvia o vento agitando as folhinhas do olmo.

Depois o *mulá* recitou uma oração: todos se levantaram, ergueram o morto nos braços e o carregaram. Levaram-no até a cova, que não é uma cova comum, mas é escavada por baixo da terra, como um porão. Pegaram o morto, desceram-no cuidadosamente e o colocaram sentado sob a terra, com as mãos cruzadas sobre a barriga.

O criado mongol trouxe juncos verdes. Forraram a cova de juncos, encheram-na rapidamente de terra, que aplanaram, e colocaram uma pedra de pé, na cabeceira do morto. Achataram a terra com os pés, sentaram-se de novo em fileira diante da sepultura e ficaram em silêncio por muito tempo.

– Alá, Alá! – suspiraram e levantaram-se.

O ruivo distribuiu dinheiro entre os velhos, depois se levantou, pegou o relho, bateu três vezes na própria testa e foi para casa.

De manhã, quando Jílin saiu, viu o ruivo levando uma égua para fora da aldeia e, atrás dele, três tártaros. Saíram da aldeia, o ruivo tirou o casaco, arregaçou as mangas sobre os braços vigorosos, tirou o punhal e afiou-o na pedra. Os tártaros puxaram a cabeça da égua para cima, o ruivo se aproximou, cortou-lhe a garganta, derrubou-a e começou a destripá-la, escorchando o couro com a faca e ajudando com as manoplas cerradas. Chegaram as mulheres e as moças e puseram-se a lavar as tripas e as vísceras. Depois esquartejaram a égua e arrastaram-na para dentro da casa. E toda a aldeia se reuniu na casa do ruivo para homenagear o defunto.

Ficaram comendo a égua durante três dias, bebendo *buzá* e relembrando o morto. Todos os tártaros permaneceram em casa. No quarto dia, Jílin viu que se preparavam para partir para algum lugar. Trouxeram cavalos, ajaezaram-nos e saíram: uns dez homens, o ruivo entre eles. Só Abdul ficou. A lua estava apenas nascendo, as noites ainda eram escuras.

"Então", pensou Jílin, "é hoje que eu tenho de fugir." E comunicou a Kostílin. Mas Kostílin se amedrontou.

– Fugir, mas como? Nós nem conhecemos o caminho.

– Eu conheço o caminho.

– Mas não chegaremos lá numa só noite.

– Se não chegarmos, pernoitaremos no mato. Eu até guardei bolinhos para a viagem. Para que vais ficar aqui sentado? Será bom se mandarem o dinheiro, mas pode ser que não consigam juntá-lo. E os tártaros agora estão raivosos porque os russos mataram um deles. Estão falando entre eles, querem nos matar.

Kostílin pensou, pensou e disse:
— Então vamos!

5

Jílin meteu-se no buraco, alargou-o mais, para dar passagem a Kostílin, e lá ficaram sentados, aguardando que o *aúl* silenciasse.

Assim que o povo se aquietou na aldeia, Jílin barafustou por baixo da parede e saiu do outro lado. E sussurrou para Kostílin:
— Vem, anda!

Kostílin foi se enfiar no buraco, mas esbarrou numa pedra, que fez barulho. E o dono tinha um cão de guarda, malhado e ferocíssimo, chamado Uliáchin. Jílin já lhe dera de comer, por precaução. Uliáchin ouviu o ruído, desandou a latir, e os outros cães com ele. Jílin assobiou baixinho e atirou-lhe um bolinho. Uliáchin reconheceu-o, abanou o rabo e parou de latir.

O dono escutou e gritou de dentro de casa:
— Quieto! Quieto, Uliáchin!

E Jílin começou a coçar as orelhas do animal. Uliáchin se calou, esfregou-se nas pernas de Jílin, abanando o rabo.

Esperaram um pouco junto à parede. Tudo silenciou, só se ouvia a água marulhando pelas pedrinhas. Estava escuro, as estrelas brilhavam alto no céu, por sobre a montanha, e a lua nova surgiu, avermelhada, os chifrinhos virados para cima. Nos vales, a neblina balançava, esbranquiçada como leite.

Jílin levantou-se, falou para o companheiro:

– Agora, irmão, upa!

Mas nem bem se afastaram um pouco, tiveram de parar: o *mulá* começara a cantar sobre o telhado:

– *Alá Besmilá! Ilrakhman!*

Isso significava que o povo já havia ido para a mesquita rezar. Agacharam-se de novo, escondidos junto à parede. Ficaram assim por muito tempo, esperando o povo passar. De novo, caiu o silêncio.

– Agora, com Deus – persignaram-se e partiram.

Atravessaram o pátio, desceram pela encosta até o riacho, cruzaram o riacho, seguiram pelo vale. A neblina era espessa, mas estava baixa, e, acima da cabeça deles, brilhavam as estrelas. Jílin se orientava pelas estrelas para saber que rumo tomar. Estava fresco no meio da neblina, era fácil andar, só as botas eram desajeitadas, muito gastas. Jílin tirou as suas, jogou-as fora, continuou descalço, pulando de pedra em pedra e olhando para as estrelas. Kostílin começou a ficar para trás.

– Anda mais devagar – disse ele –, essas botas malditas já me machucaram os pés inteiros.

– Tira as botas, será mais fácil andar.

Kostílin começou a andar descalço – e foi pior ainda: cortou os pés nas pedras e continuava a se atrasar. Jílin lhe disse:

– Os pés machucados vão sarar, mas se nos alcançam, nos matam, será pior.

Kostílin não respondeu nada, continuou a caminhar, bufando. Andaram assim bastante tempo. De repente, à direita, eles escutaram latidos de cães. Jílin parou, olhou em volta, subiu na encosta, apalpou com as mãos.

– Eh! – falou. – Erramos o caminho, entramos à direita. Aqui é um *aúl* estranho, eu o vi do alto do morro. Precisamos voltar, à esquerda, para cima. Aqui deve haver uma floresta.

Mas Kostílin falou:

– Espera ao menos um pouco, me deixa tomar alento; estou com os pés sangrando.

– Eh, irmão, os pés vão sarar; tenta pular mais leve – assim.

E Jílin correu de volta e para a esquerda, montanha acima, para a floresta.

Kostílin sempre se atrasava e gemia. Jílin lhe fazia sinais de silêncio e continuava em frente.

Subiram no morro. Estava certo – era a floresta. Penetraram no mato, rasgaram as últimas roupas nos espinhos; deram com uma picada no mato. Foram andando.

– Parado! Tropel de cascos no caminho!

Pararam, escutando. O ruído, como cascos de cavalo, também parou. Eles se moveram – o tropel recomeçou. Eles paravam – e aquilo parava. Jílin aproximou-se de rastros, tentando espiar o caminho – algo estava parado ali: um cavalo que não parecia cavalo, e sobre o cavalo uma coisa estranha, não parecia um homem. A coisa soltou um bufido.

– Que abantesma! – assobiou Jílin, baixinho. E, de repente, aquilo se arrancou da estrada e irrompeu pelo mato adentro, estalando e quebrando galhos, como uma tempestade.

Kostílin simplesmente desabou no chão, de medo. Mas Jílin caiu na risada e disse:

– Era um veado. Estás ouvindo como ele quebra as ramadas, com seus chifres galhudos? Nós temos medo dele, e ele tem medo de nós.

Prosseguiram na caminhada. O céu já estava clareando, a madrugada se aproximava. Mas, se estavam ou não no caminho certo, eles não sabiam. Parecia a Jílin que fora levado por aquele mesmo caminho, e que faltavam ainda umas dez *verstas* até os seus, mas não havia um sinal seguro, e era difícil distinguir algo na penumbra. Saíram para uma clareira. Kostílin sentou-se e disse:

– Como queiras, mas eu não chegarei até lá; meus pés não aguentam mais.

Jílin tentou dissuadi-lo.

– Não – respondeu o outro –, não chegarei, não posso.

Jílin irritou-se, deu uma cusparada, desistiu:

– Pois então eu vou sozinho. Adeus!

Kostílin deu um pulo, levantou-se e andou. Caminharam mais umas quatro *verstas*. A neblina na floresta desceu, ainda mais densa; não se via nada pela frente, e as estrelas já estavam quase invisíveis.

De repente eles ouviram passos de cavalo pela frente. Podiam perceber os cascos raspando nas pedras. Jílin deitou-se de bruços e pôs-se a escutar a terra.

– É isso mesmo, é um cavaleiro que vem para cá, na nossa direção.

Saíram depressa da estrada, agacharam-se entre os arbustos, à espera. Jílin rastejou até a estrada e espiou: era um tártaro a cavalo, tangendo uma vaca na sua frente, resmungando algo consigo mesmo. O tártaro passou, Jílin voltou para junto de Kostílin.

– Bem, desta vez Deus ajudou! Levanta-te, vamos!

Kostílin tentou levantar-se e caiu.

– Não posso, por Deus, não posso, não tenho mais forças!

O homem era pesado, gordo, estava todo suado, e quando foi envolvido pela fria cerração da floresta, tendo os pés dilacerados, desmoronou. Jílin tentou levantá-lo à força.

Kostílin deu um berro:

– Ai, está doendo!

Jílin ficou gelado.

– Para de gritar! O tártaro ainda está perto, vai te ouvir!

Mas pensou consigo mesmo: "Ele está fraco de verdade; o que é que eu faço com ele? Não presta abandonar um companheiro."

– Está bem – falou. – Levanta-te, sobe nas minhas costas, vou te carregar, já que não consegues andar mesmo.

Jílin fez Kostílin montar-lhe no lombo, segurando-o por baixo das coxas, e saiu para a estrada, arrastando o companheiro.

– Só não me apertes a garganta com as mãos, pelo amor de Deus – pediu. – Segura-me pelos ombros.

Era pesado para Jílin: seus pés também estavam feridos, e ele estava exausto. Curvava-se, ajeitava a carga, para que o amigo ficasse mais alto nas suas costas, e continuava a arrastar-se pela estrada.

Pelo visto, o tártaro ouvira o grito de Kostílin. Jílin escutou alguém seguindo-o por trás, chamando-o à maneira deles. Jílin precipitou-se para os arbustos. O tártaro arrancou a espingarda, deu um tiro – não acertou. Soltou um guincho e partiu a galope pela estrada.

– Pronto – disse Jílin –, agora estamos perdidos, irmão! Esse cachorro já vai juntar os tártaros ao nosso encalço. Se não nos afastarmos a umas três *verstas*, será o nosso fim.

E, ao mesmo tempo, pensou, consigo mesmo, sobre Kostílin: "Foi o diabo que me tentou para levar esse contrapeso comigo. Sozinho eu já teria escapado há tempo."

Kostílin falou:

– Vai sozinho. Para que vais perecer por minha causa?

– Não, eu não vou, não se deve abandonar um companheiro.

Colocou-o de novo nos ombros e foi em frente. Andou assim cerca de uma *versta*, sempre pela floresta e sem saída à vista. E a neblina já se dispersava, nuvenzinhas surgiam no céu e as estrelas já estavam invisíveis. Jílin sentia-se exausto.

Viu uma nascente junto à estrada, guarnecida de pedras. Parou, apeou Kostílin.

– Deixa eu descansar um pouco, beber água. Vamos comer uns bolinhos. Agora já não deve ser longe.

Mas, nem bem se abaixou para beber, ouviu um tropel vindo de trás.

De novo eles se atiraram para a direita, entre os arbustos, e se agacharam.

Ouviram-se vozes tártaras: os tártaros pararam no mesmo lugar de onde eles saíram da estrada. Conversaram entre si, um pouco, depois puseram-se a atiçar os cachorros. E logo um cão estranho surgiu entre os arbustos, bem na frente deles. Parou, começou a latir.

Os tártaros também se meteram nos arbustos – também eles estranhos. Agarraram-nos, manietaram-nos, puseram-nos sobre seus cavalos e os levaram embora.

Cavalgaram umas três *verstas* e deram com Abdul, o dono, com dois outros, vindo-lhes ao encontro. Abdul falou qualquer coisa com os tártaros estranhos, transferiu os prisioneiros para os seus cavalos e carregou-os de volta para o seu *aúl*.

Abdul já não ria nem lhes dirigia uma só palavra.

Chegaram ao *aúl* de madrugada, colocaram os dois russos no meio da rua, no chão. Acorreu a criançada, aos guinchos, atirando-lhes pedras, batendo-lhes com correias e rebenques.

Os tártaros reuniram-se em círculo, e também juntou-se a eles o velho do sopé da montanha. Começaram a falar. Jílin percebeu que falavam deles, sobre o que fazer com eles. Uns diziam:

– É preciso mandá-los para mais longe, para as montanhas!

Mas o velho disse:

– É preciso matá-los.

Abdul discutiu:

– Eu dei dinheiro por eles; quero receber o resgate.

Mas o velho disse:

– Eles não vão pagar nada, só vão trazer desgraças. E é pecado alimentar russos. É matá-los e pronto!

Dispersaram-se. O dono aproximou-se de Jílin, começou a falar:

– Se não me mandarem o resgate, daqui a duas semanas eu vos mando moer de açoites. Mas, se tu inventares de fugir de novo, eu te mato como a um cão. Escreve outra carta, e escreve direito!

Trouxeram-lhes papel; eles escreveram as cartas. Puseram-lhes as grilhetas e os levaram para trás da mesquita. Lá havia uma fossa, um buraco de uns quatro metros de profundidade – e puseram-nos nesse buraco.

6

A vida dos dois ficou muito ruim. As grilhetas nunca eram tiradas e não os deixavam sair para o ar livre.

Jogavam-lhes massa de pão crua, como a cães, e desciam água numa jarra. Dentro da fossa fedia, era abafado, molhado. Kostílin adoeceu de vez, ficou inchado, com quebradeira no corpo todo. E também Jílin desanimou: via as coisas mal paradas. E não sabia como se safar.

Tentou começar a cavar uma passagem, mas não tinha onde jogar a terra. O dono percebeu, ameaçou matá-lo.

Certo dia, estava Jílin acocorado no fundo da fossa, a pensar na vida livre, desalentado. De repente, bem sobre os seus joelhos, caiu um bolinho, outro, e choveram cerejas. Olhou para cima, e lá estava Dina. Ela riu para ele e saiu correndo. Jílin então pensou: "Será que Dina não me ajudaria?"

Limpou um lugarzinho na fossa, raspou um pouco de barro e começou a esculpir bonecas. Fabricou pessoas, cavalos, cachorros; pensou: "Se a Dina chegar, jogo para ela".

Só que no dia seguinte Dina não apareceu. E Jílin escutava cavalos pisoteando. Passaram alguns, e reuniram-se os tártaros junto à mesquita: discutiram, gritaram, mencionaram os russos. E Jílin ouviu a voz do velho. Não conseguiu entender bem, mas percebeu que os russos se aproximavam, e os tártaros temiam que eles invadissem a aldeia e não sabiam o que fazer com os prisioneiros.

Falaram, falaram e foram embora. De repente; Jílin ouviu um ruído lá em cima. Olhou: era Dina, de cócoras, os joelhos mais altos que a cabeça. Debruçou-se, os colares pendentes balançavam sobre a fossa, os olhinhos brilhavam quais estrelinhas. Tirou da manga dois bolinhos de queijo, jogou para ele. Jílin apanhou-os e disse:

– Por que demoraste a chegar? Eu fiz uns brinquedos para ti. Aqui, pega! – e começou a jogá-los para cima, um por um.

Mas ela sacudiu a cabeça, não olhou.

– Não precisa! – disse.

Calou-se, demorou um pouco e falou:

– Iván, eles querem te matar – e mostrou o próprio pescoço com a mão.

– Quem quer me matar?

– Meu pai, os velhos estão mandando. Mas eu tenho dó de ti.

Jílin então respondeu:

– Pois, se tens dó de mim, me traz uma vara comprida.

Ela sacudiu a cabeça, que não podia. Ele juntou as mãos, suplicando:

– Dina, por favor! Dininha, traz!

– Não posso – disse ela –, vão me ver, estão todos em casa.

E foi-se embora.

Lá ficou Jílin à noite, sentado, pensando: "E agora, o que será?", sempre espiando para cima. As estrelas já brilhavam, mas a lua ainda não havia aparecido. O *mulá* acabou de cantar; tudo silenciou. Jílin já começava a cochilar, pensando: "A garota vai ter medo".

De repente começou a cair barro sobre a sua cabeça: olhou para cima, era uma vara comprida cutucando aquele canto da fossa. Cutucou, cutucou, começou a descer, a se arrastar para dentro do buraco. Jílin animou-se, agarrou-a com a mão, puxou para baixo – era uma vara reforçada. Ele já havia visto aquela vara sobre o telhado do patrão.

Olhou para cima: as estrelas brilhavam alto no céu, e, na boca da fossa, brilhavam os olhos de Dina, quais olhos de gato. Ela se inclinou sobre a borda da fossa e sussurrou:

– Iván, Iván! – e moveu as mãos junto ao rosto, pedindo silêncio.

– O que é? – disse Jílin, em voz baixa.

– Todos saíram, só dois estão em casa.

E Jílin disse:

– Então, Kostílin, levanta-te, vamos tentar pela última vez; eu vou te suspender.

Kostílin nem queria ouvir falar nisso.

– Não – disse –, parece que não é minha sina sair daqui. Para onde irei, se não tenho forças nem para me virar?

– Então, adeus, não me leves a mal.

E eles se beijaram em despedida.

Jílin agarrou-se à vara, mandou Dina segurar com força e começou a subir. Caiu por duas vezes, atrapalhado pela grilheta. Kostílin ajudou-o, e ele conseguiu chegar em cima, a duras penas. Dina puxou-o pela camisa com as suas mãozinhas, sempre rindo.

Jílin pegou a vara e disse:

– Ponha-a de volta no mesmo lugar, senão eles vão perceber e vão bater em ti.

Ela saiu arrastando a vara, e Jílin encaminhou-se morro abaixo. Desceu a encosta, pegou uma pedra pontuda e começou a tentar quebrar o cadeado da grilheta. Mas o cadeado era resistente, difícil de quebrar, e também não deu jeito. Então ouviu alguém descendo a montanha a correr, pulando leve. Pensou: "Deve ser a Dina de novo". Dina chegou ligeira, pegou a pedra e disse:

– Deixa, eu tento.

Ficou de joelhos, começou a trabalhar. Mas as mãozinhas, magras como varinhas, não tinham força alguma. Ela jogou a pedra e começou a chorar. Jílin recomeçou a lutar com o cadeado: Dina, acocorada na sua frente, segurava-o pelo ombro. Jílin olhou para trás e viu que à esquerda, atrás da montanha, subia uma labareda vermelha – era a lua nascendo. "Agora", pensou, "tenho de atravessar o vale antes da lua, chegar até a floresta." Levantou-se, jogou a pedra. Com grilheta ou sem grilheta, tinha de andar.

– Adeus, Dininha – falou –, vou me lembrar de ti o resto da vida.

Dina agarrou-se a ele, apalpando-o com as mãos, à procura de um lugar onde meter os bolinhos. Ele aceitou os bolinhos.

– Obrigado – falou –, menina esperta. Quem é que vai fazer bonecas para ti, sem mim? – E afagou-lhe a cabeça.

Dina prorrompeu em pranto, cobriu o rosto com as mãos, correu encosta acima, pulando como cabritinha. Só se ouviam no escuro as placas de metal tilintando na trança a dançar-lhe sobre as costas.

Jílin persignou-se, segurou com a mão o cadeado da grilheta, para que não fizesse barulho, e saiu pela estrada, arrastando a perna, sempre olhando para o clarão onde nascia a lua. Reconheceu o caminho – em linha reta, eram umas oito *verstas* de caminhada. Se ao menos desse tempo de chegar à floresta antes de a lua subir inteira! Atravessou o riacho, e a lua já estava branca, atrás da montanha. Foi andando pelo vale, sempre olhando: a lua ainda não aparecera. O clarão já empalidecera e, de um lado do vale, clareava mais e mais. A sombra se arrastava para o sopé do monte, aproximando-se cada vez mais dele.

Jílin caminhava, sempre se conservando na sombra. Ia apressado, mas a lua subia mais depressa ainda.

Já à direita os cumes se iluminaram. Jílin aproximava-se da floresta, e a lua também surgiu por detrás dos montes – branca como o dia. Nas árvores, podia-se distinguir cada folhinha. Pelas montanhas, tudo estava quieto e claro, como que amortecido. Só se ouvia o murmurar do riacho, lá embaixo.

Jílin chegou à floresta sem cruzar com ninguém. Escolheu um lugarzinho mais escuro na mata e sentou-se para descansar. Descansou um pouco, comeu um bolinho. Encontrou uma pedra, começou a martelar a grilheta de novo. Machucou as mãos, mas não conseguiu. Levantou-se, saiu andando pela estrada. Caminhou uma *versta*, ficou exausto, os pés doloridos. Dava uns dez passos e parava. "Nada a fazer", pensou, "vou me arrastar enquanto tiver forças. Porque, se me sentar, não me levanto mais. Não conseguirei chegar até o forte hoje, mas, quando amanhecer, deito-me na floresta, passo o dia e recomeço a caminhada à noite."

Caminhou a noite inteira. Só cruzou com dois tártaros montados, mas Jílin pressentiu-os de longe e escondeu-se atrás de uma árvore.

A lua começou a empalidecer, caiu o orvalho, já estava clareando, mas Jílin ainda não chegara até a beira da saída da floresta. "Bem", pensou ele, "vou andar mais trinta passos, e então me sentarei."

Caminhou trinta passos e viu que a floresta terminava ali. Saiu para a orla, já era dia claro e, diante dele, como na palma da mão, viam-se a estepe e o forte e, à esquerda, bem perto do sopé do monte, fogos acessos, a fumaça subindo, e gente em volta das fogueiras.

Fixou o olhar e viu espingardas faiscando: eram cossacos, soldados.

Jílin reanimou-se, juntou as últimas forças e dirigiu-se para o sopé do monte. Andava e pensava: "Deus me livre que aqui, no campo aberto, me veja um tártaro a cavalo: mesmo com o forte tão perto, não escaparei".

Nem bem pensou isso – eis que viu, numa elevação à esquerda, três tártaros montados. Assim que eles o viram, dispararam em direção a ele. O coração de Jílin quase parou. Começou a agitar os braços, a berrar com toda a força dos pulmões para o lado dos seus:

– Acudam, irmãos!... Acudam!

Os seus ouviram. Cossacos cavalarianos partiram a toda, galopando em direção a ele, cortando o caminho dos tártaros.

Os soldados estavam longe; os tártaros, perto. Mas Jílin juntou as últimas forças, segurou a grilheta com as mãos e correu ao encontro dos cossacos, sem sentir o próprio corpo, persignando-se e gritando:

– Irmãos! Irmãos! Irmãos!...

Os cossacos eram uns quinze homens.

Os tártaros se amedrontaram e, antes de alcançá-lo, foram parando. E Jílin chegou até os cossacos.

Os cossacos o rodearam, fazendo perguntas: quem era ele, que espécie de homem era, de onde vinha? Mas Jílin não conseguia voltar a si, chorava e só repetia:

– Irmãos! Irmãos!...

Os soldados vieram correndo, cercaram Jílin: um lhe trazia pão, outro trazia papa de trigo, mais outro oferecia vodca; um o cobria com uma japona, outro quebrava a grilheta.

Os oficiais o reconheceram, levaram-no para o forte. Os soldados se regozijavam, os camaradas reuniram-se em volta dele. E Jílin contou tudo o que lhe acontecera e disse:

– Pois é, foi assim que eu visitei minha mãe em casa e me casei! Não, parece que não é esse o meu destino.

E Jílin ficou lá, servindo no Cáucaso.

Kostílin só um mês depois foi resgatado por cinco mil rublos. Foi trazido mais morto que vivo.

Deus vê a verdade, mas custa a revelar

Na cidade de Vladímir vivia o jovem comerciante Aksiónov. Era dono de duas vendas e de uma casa.

Aksiónov era um homem vistoso, de cabelos louros cacheados, alegre e grande cantador. Aksiónov bebia bastante desde bem moço e, quando se embriagava, ficava turbulento; mas, desde que se casou, largou de beber, e isso só lhe acontecia de raro em raro.

Certo dia, no verão, Aksiónov precisou viajar para a feira de Níjni. Quando se despedia da família, a mulher lhe disse:

— Iván Dimítrievitch, não viajes hoje: eu tive um sonho ruim contigo.

Aksiónov riu e disse:

— Estás sempre com medo de que eu me embriague na feira?

A mulher falou:

— Eu mesma não sei do que tenho medo, mas foi um sonho tão mau: tu chegavas da cidade, tiravas o gorro, e eu vi que a tua cabeça estava toda grisalha.

Aksiónov riu de novo:

— Ora, isso é para melhor. Verás: quando eu terminar as vendas, trarei presentes caros para todos.

E ele se despediu da família e partiu.

Na metade do caminho, encontrou-se com um comerciante conhecido e parou numa estalagem para pernoitar junto com ele. Os dois tomaram chá e foram deitar-se em quartos contíguos. Aksiónov não gostava de dormir muito; acordou no meio da noite e, para viajar com tempo mais fresco, despertou o cocheiro e mandou atrelar. Em seguida, pagou o estalajadeiro e partiu. Após cobrirem mais um bom pedaço de estrada, Aksiónov fez outra parada para alimentar os cavalos e descansar no vestíbulo da estalagem. Na hora do almoço, Aksiónov mandou esquentar o samovar e, então, sentou-se no degrau da entrada e pôs-se a tocar.

De repente, estacionou diante da porta uma carruagem de três cavalos, uma troica com guizos, da qual desceu um funcionário com dois soldados. O funcionário abordou Aksiónov e perguntou:

– Quem é? De onde vem?

Aksiónov respondeu de boa vontade e convidou:

– Não gostaria de tomar um chazinho comigo?

Mas o funcionário continuou a insistir indagando:

– Onde passou a noite de ontem? Sozinho ou com um comerciante? Viu o comerciante de manhã? Por que partiu tão cedo da estalagem?

Aksiónov estranhou tantas perguntas. Respondeu tudo conforme foi e por fim falou:

– Por que me faz este interrogatório? Não sou nenhum ladrão, nem um salteador de estrada. Estou em viagem de negócios, e não há motivo para todas essas perguntas.

Então o funcionário chamou os soldados e disse:

– Eu sou investigador e te interrogo porque o comerciante com quem pernoitaste a noite passada foi esfaqueado e morto. Mostra a tua bagagem e, vocês aí, examinem este homem.

Entraram na casa, pegaram a mala e a sacola e começaram a abrir e a examinar tudo. Súbito o investigador tirou uma faca da sacola e gritou:

– De quem é esta faca?

Aksiónov olhou, viu que tiraram da sua sacola uma faca ensanguentada e assustou-se.

– Por que este sangue na faca?

Aksiónov quis responder, mas não conseguia articular as palavras.

– Eu... eu não sei... eu... a faca... eu... não é minha.

Então o investigador falou:

– De manhã o comerciante foi encontrado morto na cama, morto a facadas. Além de ti, ninguém mais poderia ter feito isso. A porta estava trancada por dentro e, além de ti, não havia mais ninguém na casa. E aqui está a faca dentro da tua sacola, e também dá para perceber tudo pela tua cara. Confessa como o mataste e quanto dinheiro roubaste dele.

Aksiónov jurou que não foi ele quem fez aquilo, que não viu o comerciante depois de tomar chá com ele, que o dinheiro que tinha consigo eram seus próprios oito mil rublos e que a faca não lhe pertencia. Mas sua voz falhava, seu rosto estava pálido e ele tremia de medo, como um culpado.

O investigador mandou que os soldados o manietassem e o levassem para a carroça. Quando o atiraram dentro dela, de pés amarrados, Aksiónov persignou-se e começou a chorar. Tiraram-lhe o dinheiro e seus pertences, e o enviaram para a prisão, na cidade mais próxima. Mandaram investigar em Vladímir que espécie de homem era esse Aksiónov, e todos os comerciantes e moradores de Vladímir atestaram que Aksiónov era bebedor e farrista desde moço, mas que era um homem de bem.

Então ele foi a julgamento. Foi julgado e condenado por ter assassinado um comerciante de Riazán e roubado dele vinte mil rublos em dinheiro.

A mulher se afligia pelo marido e não sabia o que pensar. Seus filhos eram todos pequenos, um ainda de peito. Juntou todos e foi com eles para a cidade onde o marido estava encarcerado. No começo não a deixaram vê-lo, mas depois conseguiu comover os guardas, que a levaram até ele. Quando o viu com roupa de prisioneiro, algemado, junto com bandidos, desabou no chão e ficou muito tempo sem recobrar os sentidos. Depois, colocando as crianças em volta de si, sentou-se ao lado do marido e começou a lhe falar dos assuntos domésticos e a lhe fazer perguntas sobre o que acontecera. Ele lhe contou tudo. Então ela perguntou:

– O que vamos fazer agora?

Ele disse:

– Precisamos recorrer ao czar. Não é possível que deixem um inocente perecer.

A mulher respondeu que já enviara uma petição ao czar, mas que essa petição não chegara ao destino. Aksiónov não disse nada, só ficou de olhos baixos. Então a mulher falou:

– Bem que, naquele dia, lembra-te, eu sonhei que tinhas ficado grisalho. E realmente agora estás grisalho de tanto sofrimento. Não devias ter partido naquele dia.

Começou a acariciar-lhe o cabelo e disse:

– Iván, meu querido, diz a verdade à tua mulher. Não foste tu que fizeste aquilo?

Aksiónov disse:

– Também tu acreditaste que fui eu! – e cobriu o rosto com as mãos, chorando. Depois chegou um soldado e disse que a mulher e os filhos tinham de ir embora. E Aksiónov despediu-se da família pela última vez.

Quando a mulher se foi, Aksiónov começou a relembrar o que haviam conversado. Quando se lembrou de que a mulher também duvidara dele, pois lhe perguntara se fora ele que matara o comerciante, pensou: "Pelo visto, além de Deus, ninguém pode saber a verdade, e só a Ele preciso pedir e só Dele esperar misericórdia". E desde então Aksiónov parou de enviar petições, perdeu a esperança, e só ficou rezando a Deus.

Aksiónov foi condenado ao castigo dos açoites e ao desterro com trabalhos forçados. E assim foi feito. Ele foi chicoteado. Depois, quando as feridas causadas pela chibata cicatrizaram, foi banido para a Sibéria, junto com outros condenados às galés.

Na Sibéria, nas galés, Aksiónov viveu 26 anos. Seus cabelos ficaram brancos como a neve, e sua barba cresceu, longa, estreita e grisalha. Toda a sua alegria desapareceu. Ficou curvado, andava quieto, falava pouco, nunca ria e orava frequentemente a Deus.

Na prisão, Aksiónov aprendeu a fazer botas e, com o dinheiro ganho, comprou um livro de orações, que lia quando havia luz na cadeia. E, nos feriados, ia à igreja do presídio, lia os Apóstolos e cantava no coro: sua voz ainda continuava boa.

A direção gostava de Aksiónov pela sua mansidão, e os companheiros de presídio o respeitavam e o chamavam de "vovô" e de "homem de Deus". Quando havia pedidos a fazer, os companheiros sempre o enviavam para apresentar as petições à direção do presídio. E, quando aconteciam desentendimentos entre os condenados, sempre o procuravam para resolvê-los.

De casa, ninguém lhe escrevia nem mandava notícias, e ele não sabia se sua mulher e seus filhos ainda estavam vivos.

Certo dia, trouxeram para o presídio uma leva de condenados novos. Ao anoitecer, todos os galés antigos reuniram-se em redor dos recém-chegados e começaram a perguntar a cada um quem era, de que cidade ou aldeia vinha e por que motivo estava ali. Aksiónov também se sentou num catre junto aos novos e, de olhos parados, ficou ouvindo o que eles contavam.

Um dos novos condenados era um velho alto e forte, de uns sessenta anos, de barba grisalha aparada. Ele contava por que fora preso e dizia:

— É, meus irmãos, vim parar aqui à toa. Desatrelei o cavalo do trenó de um postilhão. Pegaram-me, disseram que o roubei. Eu falei que só queria chegar mais depressa, por isso soltei o cavalo, que o cocheiro era meu amigo e que estava tudo em ordem. Não, disseram eles, tu o roubaste, e nem eles sabem o que roubei ou onde. Correu pendência. Eu deveria já ter vindo para aqui há muito tempo, mas não conseguiram provas, e agora me mandaram para cá sem qualquer lei.

— Mas de onde vieste? — perguntou um dos galés.

— Sou da cidade de Vladímir, cidadão de lá. Meu prenome é Macar, mas todos me chamam de Semiónitch.

Aksiónov levantou a cabeça e perguntou:

— Diz uma coisa, Semiónitch: lá na cidade de Vladímir, não ouviste falar da família Aksiónov, comerciantes? Será que estão vivos?

— Como não! São comerciantes ricos, apesar de o pai estar na Sibéria. Decerto é um pecador, igual a mim. E tu, vovô, por que estás aqui?

Aksiónov não gostava de falar da sua desgraça. Suspirou e disse:

— Pelos meus pecados, há 26 anos cumpro trabalhos forçados.

Macar Semiónitch perguntou:

— E que pecados foram esses?

Aksiónov disse:

— Decerto foi merecido.

E não quis contar mais nada. Mas os outros companheiros de galés contaram ao novato como Aksiónov viera parar na Sibéria. Contaram-lhe como, durante a viagem, alguém matou um comerciante, escondeu a faca na sacola de Aksiónov, e como por isso ele foi condenado sem culpa.

Quando Macar Semiónitch ouviu isso, olhou para Aksiónov, bateu com as palmas das mãos no joelho e disse:

— Espantoso! É um milagre! E como tu envelheceste, vovô!

Começaram a perguntar-lhe por que se espantava e onde já vira Aksiónov. Mas Macar Semiónitch não respondeu, só repetiu:

— É um milagre, pessoal, onde a gente acaba se encontrando!

E essas palavras despertaram em Aksiónov a ideia de que talvez esse homem soubesse quem matou o comerciante. Então perguntou-lhe:

— Será que já ouviste falar desse caso antes, Semiónitch, ou será que me viste antes em algum lugar?

— Como não ouvir falar? Ouve-se de tudo no mundo, as notícias correm. Mas isto já foi há muito tempo, o que eu ouvi já esqueci – disse Macar Semiónitch.

– Quem sabe ouviste o nome de quem matou o comerciante? – perguntou Aksiónov.

Macar Semiónitch começou a rir e disse:

– Decerto quem matou foi o dono da sacola onde encontraram a faca. Mesmo que alguém tenha metido a faca na tua sacola, quem não foi preso não é culpado. E, de qualquer jeito, como foi possível alguém esconder a faca na tua sacola, se a sacola estava na tua cabeceira? Tu terias percebido.

Assim que Aksiónov ouviu essas palavras, compreendeu que fora esse mesmo homem quem matara o comerciante. Levantou-se e se afastou.

Toda aquela noite Aksiónov não conseguiu adormecer. A tristza dominou-o, e começou a imaginar: lembrou-se da mulher, tal como ela era quando o acompanhara pela última vez, na partida para a feira. Ele a via claramente, como se fosse viva: via o seu rosto e seus olhos, ouvia a sua voz e o seu riso. Depois, visualizou os filhos, tais como eram então – pequeninos, um de casaquinho, outro junto ao seio. E se lembrou de si mesmo, como era naquele tempo – alegre, jovem, animado; lembrou-se de como estava sentado no degrau da soleira da estalagem onde fora preso, a tocar sua guitarra, e de como estava se sentindo bem, de alma leve, naquela hora. E se lembrou do cadafalso onde foi açoitado, e do carrasco, e do povo em volta, e das correntes, e das galés, e de todos os 26 anos de sua vida de presidiário. E se lembrou da sua velhice. E baixou sobre Aksiónov uma depressão tamanha que ele teve vontade de dar cabo de si mesmo.

"E tudo por causa daquele celerado!...", pensava Aksiónov.

Acometeu-o, então, uma raiva tão grande contra Macar Semiónitch que agora só pensava em se vingar dele, ainda que lhe custasse a própria vida. Ficou recitando orações a noite inteira, mas não conseguiu se acalmar. Durante o dia, não se aproximou de Macar Semiónitch e evitava olhar para ele.

Assim se passaram duas semanas. Aksiónov não conseguia dormir, sua tristeza era tanta que não sabia o que fazer consigo mesmo. Certa noite, insone, perambulando pelo pavilhão do presídio, reparou que havia terra caindo de um dos catres. Parou e olhou melhor.

Súbito, de sob o catre, apareceu Macar Semiónitch, fitando Aksiónov com um olhar assustado. Aksiónov quis passar adiante, para não vê-lo, mas Macar agarrou-o pela mão e contou como havia cavado uma passagem por baixo das paredes, e como todos os dias levava a terra para fora dentro do cano das botas, para despejá-la na rua, quando eram conduzidos ao trabalho. E acrescentou:

– E tu, velho, cala a boca e eu te levarei comigo. Mas, se me denunciares, eles vão me moer de açoite, e eu não vou te perdoar: eu te mato.

Quando Aksiónov encarou o seu malfeitor, começou a tremer inteiro de raiva, arrancou a mão da mão dele e disse:

– Eu não tenho para que sair daqui e tu não tens por que me matar. Já me mataste há muito tempo. E, quanto a denunciar-te, isto eu farei ou não farei, conforme Deus me inspirar.

No dia seguinte, quando levavam os condenados para o trabalho, os soldados repararam que Macar Semiónitch despejava terra da bota. Puseram-se a procurar dentro do pavilhão e encontraram o buraco. O diretor veio ao presídio e começou a interrogar todos:

– Quem cavou esse buraco?

Todos negaram. Aqueles que sabiam não entregavam Macar, porque percebiam que por esse ato ele seria açoitado quase até a morte. O diretor, então, dirigiu-se a Aksiónov. Ele sabia que Aksiónov era um homem justo, e disse:

– Velho, tu não mentes; conta-me, diante de Deus, quem foi que fez isso.

Macar Semiónitch, parado na frente do diretor como se nada tivesse acontecido, nem olhava para Aksiónov. As mãos e os lábios de Aksiónov tremiam, e, por muito tempo, ele permaneceu sem poder pronunciar uma palavra. Pensava: "Se eu o encobrir, por que o estarei perdoando, se ele arruinou a minha vida? Ele que pague pelos meus tormentos. Mas, se eu o denunciar, é certo que o matarão de açoites. E se eu o acuso sem razão? De qualquer modo, será que me sentirei melhor por isso?"

O diretor repetiu:

– Como é velho, fala a verdade: quem cavou essa passagem?

Aksiónov olhou para Macar Semiónitch e disse:

– Não posso contar, Excelência. Deus não me permite falar. E eu não falarei. Faça comigo o que quiser fazer – o poder é seu.

E, por mais que o diretor se esforçasse e insistisse, Aksiónov não disse mais nada. E ficaram mesmo sem saber quem cavou o buraco.

Na noite seguinte, quando Aksiónov, deitado em seu catre, apenas começava a cochilar, ouviu que alguém se aproximava e se sentava junto aos seus pés. Olhou no escuro e reconheceu Macar. Aksiónov disse:

– O que mais queres de mim? O que estás fazendo aqui?

Macar Semiónitch se calava. Aksiónov soerqueu-se e disse:

— Do que precisas? Vai embora! Senão eu chamo o soldado.

Macar Semiónitch inclinou-se sobre Aksiónov, bem perto, e sussurrou:

— Iván Dimítrich, me perdoa!

Aksiónov disse:

— Perdoar-te pelo quê?

— Fui eu que matei o comerciante e pus a faca na tua sacola. Eu quis te matar também, mas ouvi um ruído no pátio, então enfiei a faca na tua sacola e escapei pela janela.

Aksiónov, calado, não sabia o que dizer. Macar Semiónitch desceu do catre, curvou-se até o chão e disse:

— Iván Dimítrich, perdoa-me, pelo amor de Deus. Eu direi que fui eu que matei o comerciante e tu serás perdoado. Poderás voltar para casa.

Aksiónov disse:

— Para ti é fácil falar, mas e eu, como é que vou aguentar? Para onde irei agora?... Minha mulher morreu, meus filhos me esqueceram; não tenho para onde ir...

Macar Semiónitch não se erguia do chão, batia com a cabeça na terra e repetia:

— Iván Dimítrich, perdoa! Quando me açoitavam com a chibata, me era mais fácil suportar do que olhar para ti agora... E tu ainda tiveste dó de mim, não me entregaste. Perdoa-me, pelo amor de Cristo, perdoa este malfeitor amaldiçoado! — e prorrompeu em soluços.

Quando Aksiónov ouviu Macar Semiónitch chorando, ele também começou a chorar e disse:

– Deus vai te perdoar. Quem sabe eu sou mil vezes pior que tu!

E, de repente, ele sentiu a alma aliviada e parou de sentir saudades de casa. Já não quis sair do presídio para lugar algum e só ficou pensando na sua hora derradeira.

Macar Semiónitch não obedeceu a Aksiónov e confessou-se culpado.

Quando foi dada a Aksiónov a permissão de voltar para casa, ele já havia morrido.

PABLO NERUDA
(1904-1973)

Ricardo Neftalí Reyes Basoalto nasceu na cidade chilena de Parral, em 12 de julho de 1904. Sua mãe era professora e morreu logo após o nascimento do filho. Seu pai, que era ferroviário, mudou-se para a cidade de Temuco, onde se casou novamente. Ricardo passou a infância perto de florestas, em meio à natureza virgem, o que marcaria para sempre seu imaginário, refletindo-se na sua obra literária.

Com treze anos, começou a contribuir com alguns textos para o jornal *La Montaña*. Foi em 1920 que surgiu o pseudônimo Pablo Neruda – uma homenagem ao poeta tchecoslovaco Jan Neruda. Vários dos poemas desse período estão presentes em *Crepusculário*, o primeiro livro do poeta, publicado em 1923.

Além das suas atividades literárias, Neruda estudou francês e pedagogia na Universidade do Chile. No período de 1927 a 1935, trabalhou como diplomata, vivendo em Burma, Sri Lanka, Java, Cingapura, Buenos Aires, Barcelona e Madri. Em 1930, casou-se com María Antonieta Hagenaar, de quem se divorciaria em 1936. Em 1955, conheceu Mathilde Urrutia, com quem ficaria até o final da vida.

Em meio às turbulências políticas do período entreguerras, publicou o livro que marcaria um novo período em sua obra, *Residência na Terra* (1933). Em 1936, o estouro da Guerra Civil Espanhola e o assassinato de García Lorca aproximaram o poeta chileno dos republicanos espanhóis, e ele acabou destituído de seu cargo consular. Em 1943, voltou ao Chile, e, em 1945 foi eleito senador da república, filiando-se ao partido comunista chileno. Teve de viver clandestinamente em seu próprio país por dois anos, até exilar-se, em 1949. Um ano depois foi publicado no México e clandestinamente no Chile o livro *Canto geral*. Além de ser o título mais célebre de Neruda, é uma obra-prima de poesia telúrica que exalta poderosamente toda a vida do Novo Mundo, denuncia a impostura dos conquistadores e a tristeza dos povos explorados, expressando um grito de fraternidade através de imagens poderosas.

Após viver em diversos países, Neruda voltou ao Chile em 1952. Muito do que ele escreveu nesse tempo tem profundas marcas políticas, como é o caso de *As uvas e o vento* (1954), que pode ser considerado o diário de exílio do poeta. Em 1971, Pablo Neruda recebeu a honraria máxima para um escritor, o Prêmio Nobel de Literatura. Morreu em Santiago do Chile, em 23 de setembro de 1973, apenas alguns dias após o golpe militar que depusera da presidência do país o seu amigo Salvador Allende.

Livros do autor na Coleção **L&PM** POCKET:

A barcarola
Cantos cerimoniais (Edição bilíngue)
Cem sonetos de amor
O coração amarelo (Edição bilíngue)
Crepusculário (Edição bilíngue)
Defeitos escolhidos & 2000 (Edição bilíngue)
Elegia (Edição bilíngue)
Jardim de inverno (Edição bilíngue)
Livro das perguntas (Edição bilíngue)
Memorial de Isla Negra
Residência na terra I (Edição bilíngue)
Residência na terra II (Edição bilíngue)
A rosa separada (Edição bilíngue)
Terceira residência (Edição bilíngue)
Últimos poemas (Edição bilíngue)
As uvas e o vento
Vinte poemas de amor e uma canção desesperada (Edição bilíngue)